AF150288

RALF OESTERREICHER

Vater werden ist nicht schwer...

WIE JUNIOR UNSER LEBEN AUF DEN KOPF STELLTE

novum pro

Dieses Buch ist auch als
e-book
erhältlich.

www.novumverlag.com

Bibliografische Information
der Deutschen Nationalbibliothek:

Die Deutsche Nationalbibliothek
verzeichnet diese Publikation in
der Deutschen Nationalbibliografie.
Detaillierte bibliografische Daten
sind im Internet über
http://www.d-nb.de abrufbar.

© 2024 novum Verlag

ISBN 978-3-99146-731-1
Lektorat: Mag. Eva-Maria Peidelstein
Umschlagabbildung: Jürgen Kostial
Umschlaggestaltung, Layout & Satz:
novum Verlag

www.novumverlag.com

Druckprodukt mit finanziellem
Klimabeitrag
ClimatePartner.com/16547-2311-1001

Für meine Familie!

*Danke an meine Familie, die dieses große Abenteuer
erst ermöglicht hat – und die dieses erste Jahr
auch gut überstanden hat.*

*Und danke an meinen Sohn,
dem wir das alles zu verdanken haben!*

Inhaltsverzeichnis

Die Geburt 9

Der Tag danach 16

Die Besuche 17

Abreise 18

Zuhause 18

Hamster 20

Der Alltag beginnt 21

Aufgeholt 23

Die Geburt

Neun Monate konnten wir uns darauf vorbereiten. Aber jetzt ist doch alles anders. Ich laufe mit meiner Frau die Gänge des Krankenhauses auf und ab. Sie geht manchmal etwas nach vorne gebeugt. Ich traue mich aber nicht zu fragen, ob sie schon Schmerzen hat. Wir gehen gemeinsam den Gang der Frauenklinik entlang, vorbei an einem kleinen offenen Aufenthaltsraum, aus dem uns eine Familie anblickt. Ein kleiner dunkelhaariger Junge mit seiner Mutter, die auch sichtbar hochschwanger ist und auf dem Besucherstuhl Platz genommen hat, und dem Vater, der besorgt seinen Blick von meiner Frau zum Bauch seiner Frau schweifen lässt. Sicher fragt er sich, wann es bei ihnen so weit sein wird. Es riecht nach Essen. Und ich frage mich, wie man in so einem Moment an Essen denken kann. Wir gehen weiter den Gang vor bis zu einer großen Empore, von der aus man ins Erdgeschoss hinunterblicken kann. Am Empfang steht ein alter Mann mit einem Bündel Papieren in der Hand. Eine junge Dame nimmt sie entgegen und sie wechseln einige Worte, die ich aus der Entfernung aber nicht hören kann. „Hast Du Schmerzen?", frage ich meine Frau. Sie atmet schwer, aber in einer gewissen Weise kontrolliert. Das beruhigt auch mich. Eine Antwort bleibt aber aus. Ich schlage vor, die Treppen ins Erdgeschoss runterzugehen. Das soll ja helfen, die Wehen in Gang zu setzen. Sie nickt und wir gehen Stufe für Stufe die breite Marmortreppe herunter. Tamara hält sich am Geländer fest, nachdem ich es ihr angeraten habe. Ich bin ziemlich ängstlich. Vielleicht auch übervorsichtig. Aber weiß der Teufel und sie rutscht jetzt noch aus. Das könnte ich mir nie verzeihen. Unten angekommen, gehen wir langsam den baugleichen Gang Richtung Krankenhausinneres entlang. Wir biegen nach rechts ab, wo wir eine Zwangspause machen müssen. „Ist das jetzt eine Wehe?", frage ich. Diesmal bekomme ich auch eine Antwort: „Was weiß denn ich? Ich hatte ja noch nie eine Wehe!" Etwas eingeschüchtert gebe ich mich mit der Antwort zufrieden. So wie sie ihr Gesicht verzerrt und die tiefrote Farbe ihrer Backen lassen den Schluss zu: Ja, das ist sicher eine Wehe. Das ganze Spektakel dauert nur ein paar Sekunden. Und anschließend ist meine Frau erschreckend normal und hält mich an, mit ihr doch endlich weiterzugehen. Ich greife dabei ganz leicht nach ihrer Armbeuge, um sie zu unterstützen. Weiß aber nicht, ob ihr das überhaupt recht ist.

Die Wehen – und nun bin ich sicher, es sind Wehen – kommen jetzt immer öfter. Wie in den zahlreichen Zeitschriften und Lehrbüchern beschrieben, kommen sie in regelmäßigen Abständen. Es wird Zeit, uns wieder Richtung Zimmer aufzumachen. Wir nehmen nun nicht mehr die Treppen, der Fahrstuhl muss als Transportvehikel herhalten. Kurz vor dem Zimmer entscheidet sich meine Frau, gleich den Gang rechts zum Kreißsaal zu nehmen. Auf dem Weg müssen wir noch zwei weitere Male anhalten, bei denen sie sich verkrampft mit der einen Hand in meinen Unterarm krallt und sich mit der anderen an der Flurwand abstützt. Es ist alles andere als schön oder angenehm, so hilflos neben dem Menschen zu stehen, den man liebt, und rein überhaupt nichts Vernünftiges machen zu können, um zu helfen. Schließlich sind wir an der Aufnahme angekommen. Hinter einer großen Glasscheibe sitzt eine dickliche ältere Frau und kramt in Papieren, die auf dem Schreibtisch vor ihr in auffälliger Unordnung liegen. „Ich glaube, die Wehen kommen immer öfter", versuche ich ihr so selbstsicher wie möglich verständlich zu machen. „Wie geht es denn jetzt weiter?", verrate ich aber prompt darauf meine völlige Unsicherheit und Unwissenheit.

Die Hebamme, und es ist leider nicht die Hebamme, die uns vor der Geburt begleitet und vorbereitet hatte, sieht meine Frau mit der ein wenig abfällig anmutenden Routine an, die nach Jahren wohl in jedem Job einkehrt. „Da bringen wir besser das Bett Ihrer Frau gleich in den Kreißsaal", sagt sie mit unveränderter Miene. „Gehen Sie zur Stationsschwester und sagen ihr, dass sie das Bett bringen soll."

Eigentlich bin ich froh über einen so klaren Auftrag. Endlich kann ich mich beweisen und meinen Teil zu der Geschichte beitragen. Ich führe den Auftrag aus, bin sichtlich zufrieden und mache mich mit einem Gefühl gut erledigter Arbeit wieder auf den Weg in den Kreißsaal. Und das ist es dann auch schon mit dem kurzen Hochgefühl.

Zusammengekauert lehnt Tamara an einem kleinen Sideboard, auf dem eine Kinderwaage mit einer Wärmelampe darüber und andere medizinische Gerätschaften stehen, die ich nicht kenne und die mir auch wenig Selbstvertrauen einflössen. Eine Wehe kommt und geht auch schnell wieder. Das Bett ist immer noch nicht da. Erst nach mir unendlich scheinenden fünf Minuten höre ich das Gespräch zwischen Stationsschwester und Hebamme, die sich über den Stand der Dinge in aller Seelenruhe austauschen. Kurz darauf kommt die Schwester mit dem Bett um die Ecke und platziert es neben dem Kreißbett, das mit ausgestreckten Armen schon die nächste Geburt in Empfang zu nehmen scheint.

Die erste Wehe will Tamara noch im Liegen durchstehen. Aber plötzlich schnellt sie vor meinen Augen wieder hoch und atmet stöhnend vor mir ein und aus. Schweißtropfen rinnen an ihren Wangen hinunter und die Hebamme bietet mir zur selben Zeit einen Hocker an. „Sie müssen doch nicht die ganze Zeit stehen", ordnet sie an, was die Situation für mich noch surrealer macht. Ich sehe vor mir meine Frau, die sich vor Schmerzen krümmt, und ich soll es mir bequem machen? Ich rücke den Hocker etwa einen Meter vom Bett weg und bemühe mich, ebenso angestrengt zu schauen wie die werdende Mutter. Diese schenkt mir aber nur noch in den Pausen Beachtung. Doch auch da ist meine Angst groß, nicht genügend Anteilnahme zu zeigen oder irgendetwas falsch zu machen. Ich küsse ihren Handrücken und sie schiebt mich weg. Ich nehme meine Hand weg und sie flüstert mir zu, sie ihr wieder hinzuhalten. Wir müssen uns eben erst einspielen, denke ich bei mir.

Die Hebamme kramt nun einiges an medizinischem Gerät zusammen: „Na mal schauen, wie weit der Muttermund ist!" Der Muttermund? Wie weit er ist? Oh Gott, denke ich, es geht los. Es geht tatsächlich los. „Der Ehemann will dabeibleiben?", fragt die Hebamme und sieht zuerst meine Frau an und dann mich. Schwer zuzugeben, dass ich in diesem Moment darüber nachdenke, dass ich auch gerne in einer Stunde wiederkommen könnte und dann meinen Sohn auf den Arm nehmen würde. „Ja, ich will mit dabei sein", sage ich, „aber bitte hinter dem Bett."

Das ist auch das Stichwort, denn darauf wechselt Tamara von ihrem Krankenbett hinauf auf das Entbindungsbett. Ich ziehe meinen Hocker an eine für mich unverfängliche Position und kurz darauf werden wir wieder allein gelassen. Meine Frau fragt mich leider nicht, ob ich denn nicht nachsehen könne, wann da jemand kommt und endlich das Baby herausholt. Nein, ich muss sitzenbleiben und weiter kalt in meiner Hilflosigkeit baden.

Die Wehen werden nun stärker und die Schreie meiner Frau lauter und herzzerreißender. Jeder einzelne tut auch mir irgendwie weh. Und immer noch scheint bei der Hebamme alles reine Routine. Ja, verdammt, hier entsteht ein neues Leben! Hier kommt unser Sohn auf diese Welt. Was fällt der ein, noch mal rauszugehen? Jetzt telefoniert sie sogar noch.

Sie kommt wieder in den Kreißsaal, sieht meine Frau kurz an und rät ihr zu einer PDA. Wir nicken beide übereinstimmend und die Hebamme ruft eine Ärztin an, gibt ihr die Werte durch und bekommt ein Ok von der anderen Seite. Die Erleichterung ist Tamara sofort anzusehen. Die Schmerzen werden bald ein Ende haben. Nur wenige Minuten darauf erhält die Hebamme einen Anruf, dass es während einer Operation in einem anderen OP zu einer Blutung gekommen ist und es noch 20 Minuten dauern wird. Meine Frau sieht mich an und ich komme mir wieder so hilflos vor. Mir kommt lediglich ein „Wir schaffen das schon!" von den Lippen. Aber die Verzweiflung ist wohl auch mir deutlich anzusehen. Als die Hebamme nach der nächsten Untersuchung sagt, dass der Muttermund nun sechs Zentimeter geöffnet und es zu spät für die PDA sei, starren wir sie beide nur ungläubig an. Sie nimmt auch gleich darauf den Hörer in die Hand und sagt der Ärztin ab.

Jetzt ist es also amtlich: Wir werden eine Geburt durchstehen müssen wie vor 500 Jahren. Ohne Medikamente, mit der vollen Dosis an Schmerzen und fürchterlichen Schreien. Mir wird es das erste Mal richtig flau im Magen. Die nächste Wehe kommt und so bleibt wenig Zeit, um über die neue Situation nachzudenken. Gott sei Dank eigentlich! Ich selbst kann nun nicht mehr unterscheiden zwischen Wehen, Schmerzschreien, Festkrallen an meiner Hand. Es verschwimmt zu einem Einheitsbrei. Die Hebamme und eine junge Assistenzärztin, die irgendwann unbemerkt dazu geschlichen zu sein scheint, feuern meine Frau an. „Pressen, los, weiter!" Es ist genau wie in den Filmen, denke ich kurz und werde von den Schreien meiner Frau wieder aus meinen Träumereien gerissen. „Das brauch ich wahrlich nicht jeden Tag", denke ich bei mir. Aber was wird wohl Tamara erst denken? Denkt sie grad überhaupt? Hoffentlich sitze ich so richtig, dass ich nur das sehe, was ich auch sehen will. Warum dauert das so lange? Läuft wohl etwas nicht richtig? Was, wenn der Kleine nicht gesund ist? Was, wenn meine Frau … Schluss, ich reiße mich zusammen und sehe auf ihre Hände, die sich jetzt fest in die Lehnen des Bettes verkrallt haben. Und sehe auf ihre Haare, die immer wüster aussehen. Sie hat jetzt ihre Wut. Das kenne ich. Gut so. Pressen! Hebamme anschreien: „Ich press' doch, verdammt!" Gut so. Schrei es raus. Pressen, Pause. Pressen, Pause. Wie lang denn noch? „Das Köpfchen kann man jetzt sehen", sagt die Hebamme, „wollen sie es mal anfassen?" Bei Tamara findet diese komische Frage nicht die geringste Beachtung. Pressen, Pause. Noch mal. Sie schreit, die Hebamme und die Ärztin feuern weiter an: „Noch einmal. Noch einmal!" Ich glaube ihnen nicht mehr. Das haben sie vorher auch schon ein paar Mal gesagt.

„Schau'n Sie, jetzt ist der da!" Das sagt sie jetzt so einfach. Ich sehe den kleinen zittrigen Körper, noch verschmiert, die Haut grau und blass, die Augen kleine Schlitze. Die Ärmchen wie kleine dünne Tentakeln, die verzweifelt versuchen, nach irgendetwas zu greifen. Die Beinchen, die sich rhythmisch zusammenziehen und wieder strecken. Hektisch, aber kontrolliert. Er lässt einen kleinen hellen Schrei los und pinkelt auf das Tuch, das die Hebamme am Fuß des Bettes ausgebreitet hat. Ich bin Vater!

Was ist jetzt anders? Nichts, denke ich im ersten Moment. Ich begreife schlicht und einfach das Ausmaß dieser Sache nicht. Aber das werde ich noch! Jetzt geht alles ganz schnell. Ich kauere immer noch auf meinem kleinen grauen Plastikhocker, als mich die Hebamme auffordert, die Nabelschnur durchzuschneiden. Meine Frau blickt mich nun das erste Mal wieder an, seitdem das kleine neue Leben da ist. „Willst du das wirklich?", fragt sie. Ohne zu antworten und wie in Trance stehe ich auf, gehe einen Schritt nach vorne. Immer bedacht meine Blickrichtung nicht auf die Geburtsstätte zu richten. Die Hebamme gibt mir eine große silberne Schere, wie man sie für Papier nehmen würde, und führt meine Hand zu dem dünnen, schmierigen Seilchen, das links und rechts mit Plastikklemmen gesichert ist. Ich schneide die Schnur durch wie einen dicken Schnürsenkel oder Spargel und habe danach eine tropfende metallene Schere in der Hand. Schwarz tropft eine zähflüssige Masse an den Schneiden hinunter. Es erinnert mich an schmelzende Schokolade. Mir wird schlecht und ich suche nach einer Möglichkeit, das Schneidewerkzeug loszuwerden. Doch die Hebamme steht zwischen mir und der Ablage mit dem anderen Gerät. „Wohin?", frage ich. Aber für den armen, gequälten Vater scheint keine Zeit. Ich entschließe mich, das Ding einfach aufs Fensterbrett zu legen, und ziehe mich auf meinen Hocker zurück.

Die Hebamme legt das kleine Etwas auf die Brust meiner Frau. Ich versuche irgendwie, einen Blick zu erhaschen und bilde mir ein, der Kleine hat mich erkannt. Mumpitz, aber es beruhigt. Ich lege meine Hand auf die Stirn meiner Frau, streiche sanft darüber und sage: „Du bist jetzt Mama!" Als ich die Tränen über ihre Wangen kullern sehe, treibt es mir auch das Wasser in die Augen und mein ganzer Kopf wird heiß. Dieses Gefühl geht durch meinen ganzen Körper. Wahrscheinlich ist es Stolz. Wir haben es geschafft.

Die Untersuchungen, das Wiegen und Messen gehen vollkommen an mir vorbei. Eine Schwester packt mich an der Hand und sagt, dass wir das Baby jetzt baden gehen. Ich sehe Tamara noch einmal verzweifelt nach. Aber jetzt muss ich wohl ran. Ich bemühe mich, souverän zu wirken. Aber wahrscheinlich sieht man es mir an. Ich habe von nichts eine Ahnung. Von gar nichts! Die Schwester lässt lauwarmes Wasser in eine kleine gelbe Plastikspüle ein, testet ein paarmal mit der Hand die Temperatur und legt schließlich unseren kleinen Michael ins wohlige Wasserbad. „Und? Was sagen Sie?", fragt sie mich. Was soll ich denn sagen, denke ich. Hier wird ein winziges Menschlein gebadet, das ab und zu ein bisschen quäkt und sich räkelt. Wir kennen uns ja nicht. Und er sagt auch nichts. Also, was soll ich dazu sagen?

Sie spült den Kleinen vorsichtig ab, entfernt Blutreste und Fuseln und gibt mir den gereinigten jungen Knaben in die Hände. Sie zeigt mir, wie ich den Kopf in meinen Armbeugen ablegen soll. Als stolzer Vater marschiere ich nun zurück in den Kreißsaal, sehe meine Frau liegen, die mich von der Seite anlächelt, und übergebe die wertvolle Fracht wieder der jungen Mutter. Meine ersten Meter als Papa sind geschafft. Und ich auch. Langsam fällt ein bisschen die Spannung von mir ab. Die Mama wird jetzt Ruhe brauchen und soll auch die Zweisamkeit mit ihrem Kind genießen. So mache ich mich, nach einer weiteren Stunde und nachdem Mutter und Sohn sicher im Zimmer untergebracht sind, auf den Weg in das zukünftige Zuhause der jungen Familie. Tag eins ist erfolgreich geschafft.

Der Tag danach

Als ich am nächsten Morgen aufwache, fehlt mir die Orientierung. Ich liege allein im Bett. Ich drehe mich zurück und es schießt mir in den Kopf. All die Ereignisse vom Vortag. Schnell springe ich unter die Dusche, trinke einen starken Kaffee, setze mich ins Auto und fahre die knapp zehn Kilometer ins Krankenhaus. Zu meinem Sohn und meiner Frau.

Als ich das Zimmer 4013 öffne, liegt sie da. In ihrem Bett mit ihm. Sie lächelt mich an. Erschöpft, aber sie lächelt. Sie erzählt mir aufgeregt von den Schwierigkeiten beim Anlegen zum Stillen, dass sie den Kleinen zwei Mal in dieser Nacht gebracht haben, dass sie selbst auch zu unruhig war, um zu schlafen und dass sie das alles immer noch nicht glauben könne. Ich küsse sie auf die Stirn und halte ihre Hand. Dann sehe ich meinen Sohn an und versuche, mich krampfhaft mit dem Gedanken vertraut zu machen, dass ich nun ein Vater bin. Aber es klappt noch nicht. Das kleine Wesen ist noch so weit entfernt von dem, was ich aus Filmen oder von den herumtollenden kleinen Kindern bei der Verwandtschaft kenne. So zerbrechlich, so wenig. „Hast Du alles? Soll ich Dir etwas holen?", frage ich. Auch um einfach noch einmal rauszugehen und irgendwie ein wenig Abstand zu bekommen. Ich bin immer noch komplett überfordert von der neuen Situation. Es ist nicht Ablehnung, nicht böser Wille, eher wieder diese Hilflosigkeit gepaart mit Unwissenheit.

An diesem Tag und am Tag davor werden sechs Kinder in der kleinen Klinik geboren. Ungewöhnlich in diesen Zeiten und für uns ein kleines Fiasko. Denn kein Mensch hat die Zeit, uns zu erklären, was wir machen sollen, wenn das Kind schreit, wenn es weint und wie man das überhaupt unterscheidet. Irgendwann schläft der kleine Michael dann friedlich ein. Pause. Erholung.

Die Besuche

In den nächsten Tagen lief es ab wie in wohl jeder neuen kleinen Familie: Jeder wollte einen Blick auf den Nachwuchs werfen und so kamen Opas und Omas, Tanten und Onkel, enge Freunde und Bekannte. Teilweise gleich in solchen Scharen, dass ich mich während der Sturm- und Drangzeiten verdrückte und wieder nach Hause fuhr oder für die kommenden Tage einkaufte. Noch war ich ja Selbstversorger. Aber bald würde meine kleine Familie nach Hause kommen. Dann sollte auch alles bereit sein.

Die junge Mama war nach anfänglicher Euphorie irgendwann auch genervt von den Massenbesuchen und so haben wir alle Beteiligten möglichst subtil darauf hingewiesen, dass sie zwar jederzeit willkommen wären, meine Frau und das Kind aber doch auch mal zur Ruhe kommen müssten. Irgendwie tut es einem Leid, sie wollen ja alle nur das Beste. Aber von dem eben einfach ein bisschen zu viel. So schafften wir es, die Besuche auf ein erträgliches Maß zu reduzieren.

Am vierten Tag hatte Tamara die kleine Hoffnung, endlich nach Hause zu dürfen. Denn ihre Zimmergenossin – auch junge Mutter eines Sohnes, der einen Tag später als Michael und nach endlosen Einleitungen zu Welt kam – schien an ihrem Bett wie festgenagelt und verließ eigentlich nie das Zimmer. Privatsphäre null! Ich konnte das gut verstehen, aber hatte darauf leider keinen Einfluss. Denn als der Kinderarzt nach der U1 bekanntgab, dass Mutter und Sohn aufgrund erhöhter Gelbsuchtwerte auf jeden Fall noch eine Nacht bleiben müssten, sah ich bereits, wie sich Tränen in den Augen meiner Frau ansammelten. Man ist in solchen Momenten einfach hilflos. „Morgen klappt es bestimmt", hatte ich ihr noch versichert. Aber die Laune war erst mal dahin. Der Rest des Tages war Aufbauarbeit im moralischen wie physischen Sinne.

Abreise

Der Tag der Abreise war gekommen. Meine Frau rief mich wie ausgemacht am Vormittag an und ich packte das erste Mal den Maxi Cosi ins Auto und fuhr in die Klinik. An der Schranke angekommen, drückte ich stolz die Klingel und sagte, ich möchte meinen Sohn abholen. Und natürlich die Frau dazu. Die Schranke ging hoch und als ich im Gang der Frauenklinik an den hochschwangeren Frauen mit ihren hilflosen Männern vorbeiging, wusste ich: Ich bin schon einen Schritt weiter. Aber noch unendlich weit vom Ziel entfernt.

Als ich das Zimmer betrat, empfing mich ein Lächeln, das ich die letzten Tage sehr vermisst hatte. Tamara hatte schon alles gepackt und so mussten wir nur noch die Papiere zum Auschecken ausfüllen und schon ging es zum Auto. Den Kleinen festmachen, Schranke hoch und ab Richtung Heimat. Das Kapitel Krankenhaus war erledigt.

Zuhause

Unser kleiner Sohn war ziemlich unruhig, als wir unser Heim betraten. Von leisen Quäklauten bis zu ausgewachsenen Beschwerdeschreien war alles dabei. Wir schoben es zunächst auf die Aufregung, die neue Umgebung. Aber es war jetzt früher Nachmittag und im Krankenhaus war er da eigentlich immer recht ruhig und brav gewesen. Wir dachten, das geht so weiter. Aber da sollten wir uns täuschen.

Als er nach endlosen acht Stunden zu keinem Zeitpunkt aufhörte zu schreien, rief meine Frau verzweifelt und den Tränen nahe unsere Hebamme an. Eine weitere endlose Stunde später war sie da. Mit ein paar geschickten Handgriffen wickelte sie den Kleinen zu einem handlichen Paket zusammen, legte ihn sich an die Schulter und beruhigte ihn erfolgreich. Es war geschafft – dachten wir. Aber sie war kaum zehn Minuten fort, da war es wieder da: Zuerst das Quäken, dann das Brüllen.

Irgendwann gingen wir dann ins Bett. Sein Beistellbett gut eingeklinkt neben unserem Bett machten wir das Licht aus. Und kurz darauf wieder an. Er wollte nicht aufhören, sich zu beschweren. Ob es Wut war oder Schmerzen oder ob einfach irgendwas nicht passte, wussten wir nicht. Ich hatte zwar ein schlechtes Gewissen, verzog mich aber irgendwann ins Gästezimmer. Es sollte zumindest einer von uns ein bisschen Schlaf finden und fit bleiben. Gegen drei Uhr durchdrang ein wütender Schrei unser Haus. „Kümmer‘ du dich um deinen Sohn, ich will jetzt schlafen!", so die Anweisung. Ich setzte mich an unseren Kachelofen, nahm Michael abwechselnd auf den einen und den anderen Arm und legte ihn wieder ins kleine Bettchen, das wir im Wohnzimmer stehen hatten, während Tamara auf dem Sofa wohl tatsächlich ein bisschen eingeschlafen war. Nach zwei Stunden musste ich ihrem Schlaf aber dann doch schon wieder ein Ende bereiten. Junior hatte Hunger. Und da ist der Papa relativ unnütz. Sie legte ihn an – das hatte sie schon am zweiten Tag im Krankenhaus ziemlich gut drauf, ist wohl einfach Instinkt – aber zwischen Saugen und Brüllen kam erneut diese Art von Verzweiflung auf, die man erst in solchen Momenten erfährt und die man vorher nicht kennt.

Im Nachhinein sind wir draufgekommen, was das ganze Unglück auslöste: Meine Frau hatte im Krankenhaus Abführmittel bekommen. Und dies wahrscheinlich mit der Muttermilch an Junior weitergegeben. Mit dem Ergebnis, dass Chaos in seinem Magen herrschte.

Der nächste Tag war dann auch schon wesentlich ruhiger und wir haben unser Kind als den netten, ruhigen und zugänglichen jungen Mann kennengelernt, den wir im Krankenhaus so schätzten. Wenn man zu Hause ist und das Kind auch, ist alles anders. Uns haben das auch alle gesagt, aber man ist trotzdem unvorbereitet. Sachen bleiben liegen, sind unwichtig und müssen verschoben werden. Der Rhythmus muss sich erst einspielen.

Hamster

Wir waren nun ein paar Tage daheim und ich hatte mir noch die ganze Woche Urlaub genommen. Das war auch nötig. Denn wenn noch rein gar nichts Routine und alles neu ist, frisst es die Zeit auf wie Zuckerwatte, die im Regen wegschmilzt. Die Tage waren bald relativ entspannt: Füttern, Wickeln, kurz darauf Reinkacken und wieder Füttern. Man möchte denken, es macht ihm Spaß, Mama und Papa auf Trab zu halten. Wenn Besuch kam, war er ein Engel. Von wegen Schreien oder Quengeln. Obwohl er oft unverhohlenen von einem Besucher zum nächsten gereicht wurde, war er oft gar nicht wachzubekommen. Aussagen wie „so ein braves Kind" oder „ein Traum" waren an der Tagesordnung. Doch kaum wurde es dunkel, fand die seltsame Verwandlung statt und die Unzufriedenheit über die bevorstehende Nacht machte sich in einer penetranten Geräuschkulisse bemerkbar. Zu seiner Verteidigung muss man sagen, dass er es seiner Mutter aber auch nie recht machen konnte: Schlief er zu lang am Stück, ging die Angst um, er würde auf der Stelle und hier und jetzt verhungern. Verlangte er zu oft die Brust, bekam er Bauchweh, spuckte und Schlafen war nicht möglich.

Nach fünf Tagen mehrten sich bei meiner Frau die Sorgen, dass ihr Sohn zu wenig zunimmt – trotz Stillen. Und das hieß für mich nicht Gutes. Wenn ich vom Einkaufen zurückkam, wurde ich angemotzt. Wenn ich die Wohnung aufräumte, störte ich. Wenn ich kurz selbst etwas aß, war ich ein egoistischer Idiot. Alltag für einen jungen Vater. Doch als dann nach einem dieser langen unbefriedigenden Tage die Hebamme kam, Michael wog und er endlich zugenommen hatte, ging die Sonne direkt in unserem Wohnzimmer auf. Meine Frau strahlte, die Hebamme war zufrieden und ich sah rosige Zeiten auf mich zukommen. Das sollte sich noch oft ändern. Aber dieses Hoch genoss ich mit jedem Atemzug. Und Junior wandelte sich in den nächsten Tagen vom nachtaktiven Hamster zum einigermaßen erträglichen Schlafwandler.

Der Alltag beginnt

Nach einer Woche war es für mich wieder so weit: Ich musste morgens in die Arbeit gehen und war tagsüber somit nicht mehr zur dauerhaften Verfügung. Ich war nicht da, sei es für Beschwerden oder als Blitzableiter oder als Trostspender. Tamara und Michael waren auf sich alleine gestellt. Damit nahmen zunächst auch wieder die Spannungen zu. Sicherlich konnte ich einkaufen gehen. Aber egal wie oft ich fragte: „Auf was hast du denn Lust?" bekam ich genauso oft die Antwort: „Keine Ahnung!". Und auf meine Feststellung, dass sie doch essen müsse, um stark für das Kind zu sein, bekam ich oft nur ein Knurren. Erst als mir die Hebamme zur Seite stand und erklärte, wie wichtig das Essen für die junge Mutter sei, bekam ich etwas Rückenwind. Obwohl all meine Pläne, etwas Struktur in die Tage zu bringen, zunächst kläglich scheiterten.

Auch meine Pläne, meine Erfahrungen Tag für Tag zu notieren wie in einem Tagebuch, haben zu dieser Zeit einfach nicht funktioniert und so musste ich die ersten drei Wochen Stück für Stück nachkonstruieren. Auch den ersten Besuch bei meinen Eltern, der mit den Worten „Herzlichen Willkommen. Du bist jetzt in der Lindenstraße!" begann. Meine Mutter fing uns schon an der Tür ab und ich musste erst mal vor der Haustür

Stellung beziehen, denn die Begrüßungszeremonie schien gar kein Ende zu nehmen. Innen erwartete uns dann auch schon der stolze Opa, der zwar seine Gefühle gegenüber dem Kleinen noch nicht so zeigen konnte. Dem ich aber schon ansah, wie stolz er auf seinen Enkel war. Zudem er auch noch der Namensgeber für Michael Junior war. Unser Besuch war trotzdem recht kurz. Mittagessen mit den Eltern, während der Kleine am Fußboden im ausgebauten Oberteil des Kinderwagens lag und still die Blicke aller Anwesenden auf sich zog. Anschließend ging es samt Sohn ins Wohnzimmer, wo Tamara das Kind anlegte und ich meinem Vater förmlich ansah, wie er verzweifelt versuchte, nicht in dieselbe Richtung zu schauen, wo meine Frau mit entblößten Brüsten dasaß und Michael stillte. Schließlich machte sich mein Vater auf ins Nebenzimmer, denn er musste sich nun dringend umziehen, weil er noch etwas zu erledigen hätte. Die Zeichen erkennend, entschlossen auch wir uns zum Aufbruch und nach gut eineinhalb Stunden waren wir wieder zu Hause.

Unter der Woche kam fast jeden Tag meine Schwiegermutter vorbei. Ein Segen für mich, denn so hatte Tamara wenigstens einmal eine Stunde für sich, um zu duschen und sich ein wenig abzulenken. Soweit das bei einer jungen Mama überhaupt geht. Allerdings übertrieb es auch meine Schwiegermutter – wie ich sie auch kenne – mit der Fürsorge ein wenig und kaufte meiner Frau eine Waage, um die Fortschritte bei der Gewichtszunahme Michaels dokumentieren zu können. Kein Glücksgriff zunächst, denn nun wurde vor dem Stillen, nach dem Stillen und auch zwischendrin gewogen. Und wehe, die Waage zeigte nicht die gewünschten Ergebnisse an. Dann musste auch ich büßen. Ich: „Übertreib es doch nicht. Die einen nehmen eben schneller zu, die anderen langsamer!" Was zu einem kleinen Eklat führte und in dem Vorwurf endete, ich sei sowieso zu lasch und mir sei alles egal. Dass ich eigentlich nur helfen wollte, spielte in dem Moment keine Rolle. Erst am nächsten Morgen kam so etwas wie eine kleine Entschuldigung. Das war nicht nötig, schließlich bildete ich mir ein, dass ich wüsste, wie es in einer jungen

Mutter aussah. Das sollte mir noch einige Male zum Verhängnis werden. Aber bleiben wir positiv: Dass wir das nur gemeinsam schaffen würden, dass wir umso mehr zusammenhalten müssten, war jetzt der Tenor. Und das Motto, das noch öfter auf die Probe gestellt werden würde.

Aufgeholt

So, nun habe ich es geschafft. Ich bin im Hier und Jetzt. Es ist Sonntagvormittag und heute Nachmittag kommen meine Eltern zu Besuch. Zum Kaffee trinken. Meine Frau sitzt unten und überlegt, ob sie einen Kuchen backen soll. Wir haben noch nicht Mittag gegessen. Ich bin gespannt, ob sie sich wieder zu viel auflädt. Das macht sie oft und es geht meistens schief, da es dann in Stress ausartet. Aber bisher war das noch ohne Kind. Also meine Erfahrungen, die ich damit so habe. Es bleibt also spannend. Michael ist jetzt 18 Tage alt.

Der Tag, obwohl ein Sonntag, war relativ kurz für unsere kleine Familie. Bei tristem Wetter habe ich ein wenig im Haus herumgeräumt, Tamara hat unseren Sohn zwei Mal am Vormittag gestillt. Er hat jetzt immer öfter Hunger und trinkt auch merklich mehr. Was die Mama sehr glücklich macht. Da er nach der Geburt erst einmal abgenommen hat, ist es unser vorrangiges Ziel, ihn mit penetrantem Fütterungseinsatz binnen der nächsten Woche auf die anvisierten 3000 Gramm zu hieven. Auch die Hebamme hat uns gesagt, dass wir dann wirklich zufrieden sein könnten. Erst mal! Am Nachmittag stand dann der Besuch meiner Eltern an. Nachdem brav im Hausflur Straßenschuhe gegen Pantoffeln gewechselt wurden, kam zunächst meine aufgeregte Mutter ins Wohnzimmer. Ein wenig später folgte mein Vater mit einem Karton voll frisch poliertem Tafelsilber. Ein Geschenk für unseren noch nicht besonders gefüllten Schrank.

Wir waren nämlich erst zehn Tage vor der Geburt unseres Sohnes in unser neues Haus eingezogen. Unser Sohn lag derweil in seinem Wohnzimmerbettchen und machte – wie eigentlich immer, wenn Besuch da ist – keinen Mucks. Er schlief einfach vor sich hin, streckte ab und an seine kleinen Ärmchen in die Höhe, gähnte herzhaft und fiel wieder ins Koma. Meine Mutter inspirierte dies aber dennoch zu einem Anfall von Spontanliebe und sie wollte Michael unbedingt auf die Stirn küssen. Aufgrund ihrer großen Oberweite und auch sonst – es fehlt ihr auch ein bisschen an Beweglichkeit – war beim Herunterbeugen in das Bettchen immer etwa zehn Zentimeter vor dem kleinen Köpfchen Schluss. Sie versuchte das mehrmals, unterbrach ihre Versuche, da sie selber über die skurrile Situation lachen musste, und gab schließlich auf. Sie hatte ihn ja auch so lieb!

Als meine Eltern wieder aufbrachen, nutzten wir die Gelegenheit, zogen Michael und uns auch an und drehten mit unserem dreirädrigen Superkinderwagen eine Runde durchs Dorf. Nur eine Viertelstunde. Denn es war noch recht kalt Ende Januar. Aber das wird besser, wenn es rauswärts geht, dachte ich mir und freute mich schon auf die Zeit, wenn ich mit meinem Sohn richtig ausgedehnte Frühlingsspaziergänge machen würde.

24. Januar

Unter der Woche komme ich immer erst so gegen fünf nach Hause und verpasse natürlich einen gewissen Teil der Entwicklung unseres Sohnes. Aber ich muss zugeben, dass ich mich ein bisschen bei den anderen Vätern aus meinem Bekanntenkreis umgehört habe, und vielen ging es ähnlich. Mir fehlt noch ein bisschen der Zugang zum Sohnemann. Sicherlich ist es toll, wenn er auf meinem Arm liegt. Und wenn er dann sogar so etwas wie lächelt. Aber es ist so ein kleiner Wurm und ich weiß irgendwie gar nicht, ob er überhaupt mitbekommt, wer ihn da herumträgt oder was da eigentlich passiert. Die Mama hat da einen ganz anderen Bezug. Bei ihr spürt man in jedem Lächeln, jeder Geste, jedem Wort die pure bedingungslose Liebe zu dem kleinen Wesen. Eine Arbeitskollegin hat mir heute erzählt, dass sie schon während der Schwangerschaft eine Art Beziehung zu ihrem Kind aufbauen konnte. Diese Möglichkeit hätten Väter nur begrenzt. Ich solle mir also keine Sorgen um meine wirre Gefühlslage machen. Ich würde da – nein, besser gesagt – ich müsste da reinwachsen. Das baut mich schon etwas auf. Vielleicht brauchen wir Männer ja tatsächlich kleine Rückmeldungen, um uns tatsächlich wie Väter zu fühlen. Ein Lächeln, ein Griff nach dem Finger. So etwas halt. Das wird alles noch kommen, richte ich mich selbst auf und schaue voller Stolz auf meinen Sohn, mit dem ich irgendwann ins Fußballstadion gehen werde. Wow!

26. Januar

Ich sitze neben Tamara, als sie Michael zum Stillen anlegt. Mittlerweile sieht das Ganze schon sehr routiniert aus. Sie weiß, wie sie ihn nehmen muss. Was sie machen muss, wenn er zwischendrin einschläft. Faszinierend, wie das so geht. In ein paar Wochen. Sie sagt immer: „Wir müssen jetzt gut trinken. Wir dürfen jetzt nicht wieder einschlafen!" Und so weiter. Ich frage mich, warum immer WIR alle gemeinsam trinken oder schlafen sollen. Als ich meine Frau darauf anspreche, lacht sie. Diese Verhätschelsprache lässt sich wohl einfach nicht komplett ausmerzen. Auch bei meiner Mutter ist Michael das Michaelele! Furchtbar! Aber das muss Liebe sein.

28. Januar

Nach der Arbeit fahre ich an einem Café vorbei, wo wir uns früher sehr oft mit Freunden getroffen haben. Zwei davon stehen auch tatsächlich davor und winken mir zu. Ich halte auf der Straße, in der Kleinstadt geht so etwas ja noch. Ich lasse die

Scheibe runter und bedanke mich bei Achim, der uns zusammen mit seiner Freundin eine Karte geschickt und zum jungen Glück gratuliert hatte. „Na, am Wochenende. Kommst du mal wieder auf ein paar Bierchen?", fragt er. „Mal schauen, sieht wohl eher schlecht aus. Aber ich schau mal, ob ich wegkomm'", antworte ich, lasse die Scheibe wieder hoch und mache mich auf den Weg nach Hause. Auf der Fahrt denke ich an die geilen Abende, die wir in dem Café, das mehr eine Kneipe ist, verbracht hatten. Wie viel wir gelacht hatten und wie viel wir getrunken hatten. Auch sehr oft zusammen mit Tamara. Ich frage mich, wann und ob es wohl irgendwann wieder so sein wird und werde ein bisschen traurig.

29. Januar

Ich sitze schon in der Arbeit, als ich eine Nachricht mit Foto von meiner Frau bekomme: „Heute Nacht hat der Kleine das erste Mal komplett in seinem eigenen Bettchen geschlafen!" Und dazu sendet sie ein Foto von dem kleinen Wurm in dem noch viel zu großen Kinderbett, in das man ihn dicht geschlichtet mindestens acht Mal reinlegen könnte. Das ist für mich eine super Nachricht, denn unter den vielen Tipps, die von allen Seiten auf einen einströmen, war auch ein „Niemals mit ins Bett nehmen" dabei. Denn was sich die Babys an einem oder zwei Tagen angewöhnen würden, bekäme man über Monate nicht mehr raus. Ätsch, denke ich mir. Nicht jedes Mal haben Omas und Tanten recht. Dreieinhalb Wochen ... und mein Sohn schläft in seinem eigenen Bett. Ich bin stolz!

30. Januar

Heute war ein ereignisreicher Tag. Unser erster Familienausflug stand an: In ein kleines Museum in einem kleinen Städtchen nahe unserem Dorf. Nicht, dass ich damit angeben wollte, denn der Besuch war sozusagen halbberuflich, da ich mit dieser Einrichtung eventuell in Zukunft öfter zu tun haben würde. Deshalb wollte ich mir das Ganze mal ansehen. Meine Frau hat also unseren Kleinen in den Maxi-Cosi gequetscht. So muss man es fast sagen, denn er ist einfach noch ziemlich klein, rutscht regelmäßig in dem Kleinkindtransportmittel herunter und sieht aus, als ob er bei Mach Drei in ein Flugzeugcockpit gedrückt würde. Aber es scheint ihm nichts auszumachen und so packen wir ihn auf den Rücksitz unseres Autos und fahren los. Schlaglöcher, Kurven, Bremsmanöver – all dies scheint ihn nicht zu beeindrucken und so kommen wir alle drei ruhig und entspannt an. Wir laden Michael in seinen Kinderwagen und schieben ihn über eine glattgebügelte Schotterpiste in das ganz in Schwarz-Weiß gehaltene Gebäude, das dasteht wie ein modernes Puppenhaus. Uns begrüßt eine Studentin. Dual, sagt sie und erklärt uns, wie der Besuch ablaufen wird. 20 Minuten zeitgenössische Kunst mit Kinderwagen. Sie sieht in den kleinen Spalt am Wagen, lässt das übliche „Gott, is' der süß" los und erklärt uns dies und das. Junior lässt das alles in vollkommener Entspanntheit über sich ergehen und macht nicht den geringsten Mucks. Immer, wenn andere Leute dabei sind, denke ich mir! Vielleicht sollten wir nachts Besuch einladen? Nach 20 Minuten war das Programm tatsächlich erschöpft. Es ist eben ein kleines Museum. Aber für einen Kulturausflug mit einem Dreiwöchler nahezu ideal. Vielleicht wird er ja mal selbst ein großer Künstler, spinne ich mir zusammen und wir machen uns wieder auf den Weg nach Hause.

31. Januar

Als meine Frau heute, es ist Sonntag, mit dem Kleinen auf dem Arm ins Wohnzimmer kommt, bin ich etwas überrascht. Denn unter der Woche – während ich in der Arbeit bin – melden sich die beiden via FB-Messenger meistens so um halb neun, dass sie jetzt wach, frisch gewaschen und satt sind. Jetzt ist es aber erst halb sieben. Ich war schon wach, weil es heute Nacht sehr stürmte und ich sowieso nicht mehr schlafen konnte. Außerdem genieße ich das: Eine Tasse Kaffee auf der Couch, in Ruhe ein bisschen im Internet surfen und die neusten Nachrichten durchgucken. Ohne Zeitdruck und mit Vorfreude auf einen freien Tag. In dieser Nacht hatte er die Mama ganz schön auf Trab gehalten. Nach dem Stillen wollte sie ihn nicht komplett ausziehen und hat seinen Strampler an den Füßchen gelassen, um ihn frisch zu wickeln. Mit einem gezielten Strahl setzte er den Strampler unter Wasser. Manöver missglückt. Sie stand also trotzdem auf, holte frische Wäsche und legte sie in sein Bettchen. Beim zweiten Gang, um eine frische Windel zu holen, setzte er erneut an, aber dieses Mal konnte sie sich noch dazwischenwerfen und eine erneute Überflutung verhindern. Es bleibt spannend! Denn heute Abend ist wieder Badetag. Und da muss der Papa ran.

4., 5. und 6. Februar

In dieser Woche stand etwas Besonderes an: Meine Frau befindet sich momentan im siebten Semester ihres Studiums. Das macht sie berufsbegleitend und steht jetzt auch kurz vor dem Ziel, noch ein paar kleinere Prüfungen und dann die Bachelorarbeit. Dann ist sie sowas wie Pflege- und Gesundheitsmanagerin. Kurzum, sie musste in dieser Woche drei Tage an die Hochschule. Und das heißt, drei Tage musste jemand mitfahren und auf den Kleinen aufpassen. Den ersten Tag hatte ich Schicht. Früh haben wir also das Auto beladen, den Kleinen in den Maxi Cosi gelegt und festgeschnallt. Mama auf den Beifahrersitz und Papa hinter dem Steuer auf dem Weg Richtung Uni. Dort angekommen haben wir uns einen Parkplatz gesucht, der möglichst nah am Eingang gelegen war. Denn das Wetter war scheußlich. Es stürmte und dazu kam noch Schneeregen herunter, der sich irgendwie nicht entscheiden mochte, ob er regnen oder schneien wollte. Vor dem Eingang erwartete uns bereits ein schaulustiger Mob. Es waren Tamaras Studienkollegen und -kolleginnen, die sich aufgereiht wie eine Lichterkette vor der Tür breit gemacht hatten und uns schon von Weitem zuwinkten. „Das ist er also", „Prächtiges Kerlchen", oder „Och, wie süß" waren die erwarteten Kommentare. Nachdem jeder mal reingesehen hatte in unseren Sportkinderwagen, gingen wir in die Hochschule hinein und suchten uns den Weg zum Klassenzimmer. Tamara klärte noch kurz mit ihrem Professor ab, wie man die Angelegenheit wohl am besten organisatorisch lösen könnte. Und dann war ich allein. Allein mit ihm, dem Süßen, dem Fratz, dem Kerlchen. Ich ging den Gang wieder vor zu einer Empore, von der aus man wunderbar den kleinen Teich, der außen am Gelände angelegt hatte, beobachten konnte, legte mir Handy und ein Buch zurecht und schaute zu, wie das Wetter noch beschissener wurde. Im Kinderwagen: Ruhe! Gott sei Dank! Nur nicht noch zusätzlich auffallen, dachte ich mir. Denn ganz allein war ich natürlich nicht mit meinem auffälligen und fremdartigen Gefährt. Letztlich war ich ein Vater zwischen lauter wissbegierigen und neugierigen Studenten. „Es ist relativ ruhig. Hoffentlich bleibt es so", dachte ich. Ich nahm mein Buch. Robert Seethalers „Die Biene und der Kurt". Ich schnaufte kurz durch und begann zu lesen.

„Na, muss der Papa aufpassen?", diese Worte rissen mich schroff aus meinen literarischen Träumen. Vor mir stand tatsächlich der Dekan der Hochschule – ich erkannte ihn, weil ich ein Interview mit seinem Foto in der Campuszeitschrift gesehen hatte. Nach einem kurzen Smalltalk wies er mich darauf hin, dass wir 100 Euro bekommen würden, wenn wir ein Bild von Michael für die Zeitschrift zur Verfügung stellen würden. Sozusagen als Werbung, dass Müttern mit Kindern hier auch die Möglichkeit gegeben würde, zu studieren. „Warum nicht?", dachte ich mir und steckte das Magazin in die Stilltasche meiner Frau. Kann man doch mitnehmen. Die Mama würde sicher vor Stolz platzen, wenn ihr Sohn in der nächsten Ausgabe erscheinen würde.

Ich vertiefte mich wieder in das Buch, wurde etwa alle Viertelstunde von neugierigen Blicken vorbeigehender Studentinnen herausgerissen und vertiefte mich erneut. Nach gut drei Stunden – Junior war bis dahin ein Engel, anders kann man es nicht sagen – tauchte Tamara auf und nahm ihn zum Stillen in ein freies Klassenzimmer. Es ist Prüfungszeit und deswegen war nicht viel los an der Hochschule. Wir beschlossen, dass sie ihn gleich mit in ihre Arbeitsgruppe nehmen würde. Die bestand aus vier Frauen. Deshalb konnte in der männerlosen Runde ohne Wenn und Aber die Brust ausgepackt und Junior angelegt werden. Die freie Zeit nutzte ich für einen Besuch in der Innenstadt, doch das Wetter trieb mich rasch wieder an die Hochschule zurück. Nach einem gemeinsamen Mittagessen gestaltete sich der Nachmittag relativ ruhig. Schlafen und Lesen, Stillen und Quäken. Alles normal. Und schon ging es wieder auf große Rückfahrt. Am nächsten Tag übernahm meine Schwiegermutter die zweite Schicht, auch ohne besondere Vorkommnisse. Am Samstag schließlich war es für mich schon die reinste Routine. Studentinnen mit neugierigen Blicken, ein Buch, in dem ich nicht viel las, ein kleiner Mann im Kinderwagen, der ab und zu nieste, ab und zu quäkte und ab und zu schlief. Aber irgendwie ist es schon komisch: Wenn er unter fremden Menschen ist, ist er ein Engel. Wirklich wahr!

7. Februar

Es scheint die ominöse fünfte Woche zu sein. Wir haben darüber gelesen, dass sich das Kind da zum ersten Mal nach der Geburt verändert. Es erkennt mehr, dadurch ist es aber oft überfordert und nölt. Und es hat Angst und sucht die Nähe der Mama. Aber das kann man in zahlreichen Büchern nachlesen. Ich muss zu meiner Schande gestehen, dass ich teilweise froh bin, tagsüber in der Arbeit zu sein und lediglich von der Ferne die kleinen verzweifelten Nachrichten meiner Frau zu lesen. Natürlich richte ich sie moralisch auf, gebe Tipps, die keine sind oder nichts nützen. Oder frage einfach, was ich denn tun kann? Aber eigentlich kann ich grad nicht wirklich viel tun. Einkaufen, wenn ich da bin, im Haushalt helfen und ihr Arbeit abnehmen.

Da ich grad in unserem Gästezimmer schlafe, sehe ich unseren Sohn unter der Woche sowieso nur zwei, drei Stunden. Davon die Stillzeit abgezogen kümmere ich mich etwa eine Stunde um ihn. Mich plagt einerseits ein schlechtes Gewissen deswegen, andererseits: Was soll ich machen? So beruhige ich mein Gewissen immer wieder selbst und hege die Hoffnung auf die uns viel angepriesene Zeit des zweiten Halbjahres. „Da erkennen sie dich schon. Da kommen irgendwann die ersten Schritte. Da fällt irgendwann das Wort Papa oder Mama." Ich denke, das richtet in diesen Phasen alle jungen Eltern auf. Bei mir klappt's auf jeden Fall.

8. Februar

Im Moment würde ich die Zeit nach dem Stillen als Spuckparade bezeichnen. Egal auf welche Seite ich sein Spucktuch platziere, er spuckt auf die andere. Ich erkenne zwar mittlerweile ganz gut, wann es kommt, aber der kleine Kerl dreht seinen Kopf nun schon so schnell, dass ich immer auf Hochspannung sein muss, um den Moment nicht zu verpassen. Platsch, über den Ärmel, „prust", auf die Schulter. Gott sei Dank ist das Zeug weiß und macht keine so heftigen Flecken. Nach ein paar ordentlichen Fürzen – sein Gesicht verzerrt sich dabei meistens zu einer richtigen Horrorfratze – wird Michael dann aber auch wieder ruhiger. Zumindest für den Moment. Denn die unruhige Phase ist noch nicht vorbei. Sobald wir ihn ins Bettchen legen wollen, den kleinen Menschen, der grad so selig in meinen Armen schläft, genau dann bricht der Orkan wieder los und ein Geschrei der Windstärke Acht saust durch das Wohnzimmer. War wohl wieder nix, denke ich mir. Aber soll ja bald vorbei sein. Bis zum nächsten Schub. Was dann passiert? Ich mag es mir nicht ausmalen.

9. Februar

Die Schreiphase dauert an. Als ich von der Arbeit nach Hause komme, bietet sich mir das mittlerweile vertraute Bild. Als ich das Wohnzimmer betrete, sitzt meine Frau auf dem Sofa, den Junior an der Brust und mit leicht verzweifeltem Blick. Ich gehe zu ihr rüber und küsse sie. Dann packe ich meine Sachen aus, ziehe mir meine Hausklamotten an und richte noch ein paar Sachen im Haus, die über den Tag liegengeblieben sind. Ja, das ist so mein erster Gang. Nachsehen, was ich alles aufräumen muss oder was überhaupt noch nicht angepackt worden ist. Vorsichtig nachfragen, wie es denn mit dem Abendessen aussieht. Diesmal kann ich schon erkennen, dass es wohl mit den geplanten Spaghetti Bolognese nichts werden wird. Ich habe ihr angeboten, einfach noch mal zu fahren und uns irgendwas zu holen, was fix geht und keine Arbeit macht. „Ich will endlich mal wieder Pizza mit Salami", sagt sie zu meinem Erstaunen relativ schnell und klar. Denn sonst zieht die Frage, auf was sie denn Lust hat, minutenlanges Schweigen oder endlose „Ich weiß nicht" nach sich. Glücklich über eine sinnvolle Aufgabe fahre ich zum Supermarkt und besorge ihr die so sehr vermisste Pizza. Als ich wiederkomme, werde ich Zeuge des ganzen Übels. Keine Stellung passt dem Sohnemann, kein Schnuller kann ihn besänftigen. Zumindest nicht auf Dauer. Während Tamara neben mir das Fastfood verschlingt, versuche ich mit allen möglichen Tricks, den Kleinen ruhig zu halten. Ich mache „Pschhhhht", gebe ihm den Nuckel, halte ihn hoch und bin doch schließlich froh und glücklich, als Tamara mit Essen fertig ist und ihn wieder nehmen kann.

Wäre ich je eine gute Mutter, denke ich mir? Bin aber ganz froh, als ich erkenne, dass ich das auch nie sein muss. Aber auch ein guter Vater zu werden, wird wohl noch ein langer Weg werden. Denn momentan paart sich Hilflosigkeit mit Genervtheit, wenn Junior schreit und ich zumindest ein paar ruhige Minuten genießen möchte nach der Arbeit. Aber das wird wohl die nächste Zeit warten müssen, bis er samt Mama ins Bett geht und ich beim Spielfilm, auf den ich mich den ganzen Abend so gefreut habe, nach einer Viertelstunde einschlafe. Gute Nacht und bis zum nächsten Kampf!

10. Februar

Man findet ja immer Mittel und Wege, um sich zurechtzufinden auf dieser Welt. Es liegt wahrscheinlich in der Natur des Menschen, Probleme lösen zu wollen und dies auch oft zu können. So haben auch wir nun ein adäquates Mittel gegen das nervenzehrende Geschrei in dieser ersten Veränderungsphase gefunden. Bauch an Bauch heißt die Zauberformel. Und es klappt. Als ich von der Arbeit heimgekommen bin, fand ich Mutter und Sohn genau in dieser Position vor. Da Tamara wohl fast den kompletten Tag so hatte verbringen müssen, wechselten wir die Ablagekörper einfach aus, indem wir den Junior anhoben, der dabei übrigens an ein Wienerwürstchen erinnert, das sich an den Enden herunterbiegt, wenn man es hochhebt, und unter uns austauschten. Ich genoss diese beruhigende Aktion, der Tag war anstrengend und ich hatte eigentlich auch keine Lust, mich zusätzlich noch beim Laufen abzureagieren. Dazu kam, dass es draußen wie aus Tonnen goss.

So machten wir es uns – Papa und Sohn – auf dem Sofa gemütlich. Nach anfänglichem kurzen Quäken haben wir dann beide die bequemste Position gefunden. Fernseher an und einfach mal nix machen. Göttlich! Tamara konnte das nachholen, was sie schon den ganzen Tag machen wollte. So waren – zumindest für die nächsten paar Stunden – alle glücklich und zufrieden. Doch im Bewusstsein, dass dies ein sehr zerbrechlicher Zustand ist, der sich jederzeit wieder ins pure Chaos wandeln könnte.

12. Februar

Vor mir tut sich die Hölle auf. In Gestalt eines kleinen fünfwöchigen Jungen, der einen mit seinen strahlend blauen Augen ansieht, um im nächsten Moment in einer Art loszubrüllen, dass es ihm und auch mir fast den Kopf zerreißt. Ohne Vorankündigung, von einer Sekunde auf die andere. Meine Frau stürmt herbei, schaut mich an in der Weise: „Was hast Du gerade unserem Sohn angetan?", und nimmt ihn mir sofort aus dem Arm. Aus dem Arm, wo er noch vor Sekunden friedlich gelegen hatte. Ich bleibe zurück mit einem schlechten Gewissen und der Frage, was in aller Welt ich gerade falsch gemacht habe. Und irgendwie ist es fast eine Genugtuung, dass er kurze Zeit später auch auf dem Arm der Mama losschreit wie am Spieß. Der Nuckel wird sofort wieder ausgespuckt und er brüllt in einer Lautstärke und Intensität weiter, die uns beide zu Tode erschreckt. Und uns unglaublich hilflos zurücklässt. Aus purer Verzweiflung gebe ich Tamara ihr Handy und sage, sie soll jetzt sofort die Hebamme anrufen. Das tut sie dann auch – mit Tränen in den Augen. Wir, besonders sie, sind das erste Mal richtig fertig und verzweifelt. „Wievielte Woche?", schallt es aus dem Telefon. „Die sechste", antwortet meine Frau kurz und bündig. „Das ist normal, der Kleine macht gerade einen Schub durch. Er erkennt viel mehr Sachen um sich rum. Das überfordert ihn und deswegen brüllt er." Als Tamara den Hörer auflegt, sind wir irgendwie beruhigter. Allerdings hört das Schreien nicht auf. Erst als sie ihn an die Brust anlegt, herrscht langsam Friede. Am nächsten Tag erzählt sie mir, dass sie ihn nachts auch einfach an der Brust hat einschlafen lassen. Irgendeinen Trick findet man immer, denke ich mir und bin gespannt, welcher Trick wohl während der nächsten Schreckensherrschaft von Junior helfen würde.

13. Februar

Meine Frau will raus. Unbedingt! Wir sind auf einen Geburtstag eines guten Freundes eingeladen und Tamara will und will nicht aufgeben. Immer wieder setzt sie Michael in den Maxi Cosi. Immer wieder verformt sich sein Gesicht für einen bevorstehenden Groll-Alarm. Ich ziehe meine Schuhe an. Und wieder aus. Und wieder an. Tamara ruft das Geburtstagskind schließlich an, um ihm abzusagen: „Es hat einfach keinen Sinn. Sobald wir ihn fertig machen wollen, fängt er zu schreien an", erklärt sie und stößt auf totales Verständnis. Alex am anderen Ende des Telefons ist selbst Vater zweier kleiner Kinder und weit entfernt davon, uns irgendetwas vorzuwerfen oder enttäuscht zu klingen: „Ist halt so mit einem kleinen Kind„, sagt er und ich denke, die Sache ist erledigt. Ich ziehe meine Schuhe wieder aus und entwerfe einen alternativen Essensplan, als meine Frau sich erneut zum Maxi Cosi schleicht und den Kleinen in Zeitlupe dort hineinquetscht. Er ist ruhig. Und bleibt ruhig. Also ziehe ich meine Schuhe wieder an, schnappe mir die Wickeltasche, die schon seit Nachmittag komplett gepackt ist. Tamara nimmt Michael und wir fahren wie mit rohen Eiern im Auto zu dem Geburtstag, wo uns Alex zwar mit einigem Erstaunen, aber doch sehr herzlich, begrüßt. Nach eineinhalb Stunden packen wir's wieder. Vorsichtshalber, bevor die Stimmung umschlägt. Bis dahin aber war der Kleine wieder der perfekte Gentleman. Und meine Frau habe ich das erste Mal seit Tagen lächeln sehen. Schon allein deswegen hat sich ihre Hartnäckigkeit gelohnt.

17. Februar

Die vergangenen Tage brachten nichts Besonderes. Die Schreiphase scheint erst mal vorbei oder zumindest eingedämmt. Und ich wurde von meiner Frau für mein Gespür gelobt. Sie war gestern Nachmittag bei ihrer Mutter, weil auch die Großeltern zu Besuch sind und natürlich alle den Kleinen bewundern, herumhätscheln und mit Babysprache volllallen wollen. Wie mir berichtet wurde, war er auch wieder der Engel, den alle sehen wollten, und hat entweder geschlafen oder eben nur herumgeschaut. Als ich aber nach der Arbeit nach Hause kam, saß Tamara mit ihm auf der Couch, schunkelte ihn leicht herum und beschwerte sich, dass er schon wieder so unruhig sei und er doch aber kurz vorher noch mit Heiligenschein in seinem Wagen gelegen hätte. Kurzentschlossen machte ich den Fernseher an, schnappte mir Junior, legte ihn in seine Wippe und schob ihn ans Fenster. Meine Erklärung war, dass er den ganzen Tag Lärm um sich hatte, es hell war und nun war es auf einmal still und duster. Das würde ihn komplett verwirren. Und deswegen die Spontanmaßnahmen, die auch wunderbar griffen und mich als Papa natürlich stolz machten. Auch der darauffolgende Anruf meiner Frau bei ihrer Mutter und die sofortige Berichterstattung über die Vorfälle der letzten Minuten gingen wie Öl runter. Heute gehen wir mit der Urgroßmutter essen. Wahrscheinlich setzt er sich gleich wieder seinen Heiligenschein auf, schläft ein und wird von allen gelobt. Würde mich nicht wundern.

18. Februar

Das Essen gestaltete sich schwieriger als unsere letzten Auftritte in der Öffentlichkeit. Entgegen seiner Angewohnheit, vor anderen als Engel aufzutreten, fing er in Urgroßmutters Armen das Quäken an und musste umgehend der Mama übergeben werden. Und das war's dann auch. Ihren Camembert musste aufgrund der Tischordnung ihr Bruder schneiden, während Tamara unseren Sohn wieder zu beruhigen versuchte. Vergebens, denn ihn ruhig zu bekommen, ist in dieser Phase ein Tanz auf dem Vulkan. So brachen wir das vorgezogene Geburtstagsessen von Urgroßmutter auch gleich nach dem nächsten Happen ab und brachten unsere Sirene nach Hause, wo es nach dem Standardprogramm auch gleich ins Bettchen ging. Füttern, Wickeln und Wiegen – die großen Drei.

Auch den Abend darauf wurde Michael mit der Dämmerung wieder unruhiger. Er verarbeitete anscheinend seine Erlebnisse, die er über den Tag gemacht hatte. Das schien ihn sichtlich zu überfordern. Ich denke, es ist wie bei mir, wenn ich den ersten Tag im Urlaub in der Fremde bin. Alles ist neu und die Eindrücke lassen mich dann oft auch nicht einschlafen. So wird es sein. Aber sicher sagen werden wir das wohl nie können. Babyerziehung beruht auf dem Prinzip der Vermutungen und darauf, was einem von allen Seiten eingetrichtert wird. Was, wie wir feststellen mussten, oft nur bedingt hilft. Denn jedes Baby ist anders. Unser Michael auf jeden Fall.

20. Februar

Die Sirene heult weiter. Nur mit Rotlicht statt Blaulicht. Wenn er kurz vor der Dämmerung loslegt, gibt es kein Halten mehr. Und auch keine Möglichkeit, unseren Sohn endlich zu beruhigen. Er presst seine Schreie mit einer Energie heraus, dass man denkt, sein rotes Köpfchen zerplatzt gleich. Meine Frau hat gestern einfach mal das Wohnzimmer verlassen müssen, weil sie es nicht mehr anhören konnte. Ich kann das verstehen: Sie hat das 24 Stunden – jeden Tag. Ich habe wenigstens Arbeitspausen. Auch wenn dieses Wort hier anders zu deuten ist. Wir denken, es ist eine Kombination aus unverdauten Eindrücken und unverdauter Muttermilch, die ihn so herzzerreißend brüllen lässt. Und wir hoffen, dass wir bald einen neuen Trick finden, um ihm und uns dieses Drama ersparen zu können. Hoffentlich wirklich bald. Denn gerade ist das Nervenkostüm von uns beiden recht dünn und wir geraten schon wegen Kleinigkeiten aneinander. Es tut zwar anschließend jedem Leid, trägt aber nicht gerade zur guten Stimmung bei. Jeder von uns denkt, dass er oder sie die schwierigere Aufgabe zu lösen hat. Aber eigentlich wissen wir beide, dass wir das nur gemeinsam lösen können. Wenn jeder mithilft und jeder zurücksteckt. Aber das Fleisch ist schwach!

23. Februar

Es tut sich was. Oder besser gesagt, es muss sich etwas tun. Denn unser Kleiner will und will nicht mit den allabendlichen Schreiphasen aufhören. Tagsüber zufrieden, mutiert er gegen 19 Uhr zu einem Schreimonster. Wir rufen unsere Hebamme an. Als Tamara auch noch erzählt, dass Junior zwar immer ein bisschen, aber nicht wie gewollt zunimmt, kommen wir zusammen auf die doch so einfache Lösung. Meine Frau hat wohl nicht genug Muttermilch. Oder der Kleine ist einfach zu faul und strengt sich nicht an. Also trinkt er nur so lange, wie er leicht an Milch kommt, und kaum wird's anstrengend, hört er auf und wird müde. Er wird aber so nie richtig satt, was die Brüllshow am Abend erklären dürfte. Wir holen uns sozusagen die Erlaubnis zum Stillen zuzufüttern. Morgen kommt die Hebamme und bringt uns Milchnahrung.

24. Februar

Es ist jetzt 17 Uhr und meine Frau gibt dem Kleinen die Brust. Eigentlich ist alles wie immer: Gegen 18 Uhr wird er unruhig. Um halb sieben ist er nicht mehr zu beruhigen. Wir machen unsere erste Flasche. Tamaras Gefühle sind zwiespältig: Eigentlich stillt sie gern und ist der Überzeugung, dass das das Beste für Michael ist. Andererseits scheint er ja wirklich nicht genug zu bekommen und das Wohl des Babys steht nun mal an erster Stelle. Wir machen insgesamt 170 ml und stellen uns mächtig blöd an. Mal kommt es uns zu kalt vor, mal denken wir, die Flasche ist zu warm. Als wir schließlich so weit sind, ist das Schreimonster erwacht. Aber als wir ihm das Fläschchen in den Mund stecken, kehrt von einer Sekunde auf die andere göttliche Ruhe in unser trautes Heim ein. Wahnsinn! Er trinkt – nur eine knappe Stunde nach dem Stillen – die Flasche ratzeputz aus, fällt danach ins Baby-Koma und ist rundum zufrieden. Nach der ersten Freude darüber kommt bei meiner Frau auch Traurigkeit auf. Darüber, dass das Kapitel Stillen wohl bald unfreiwillig zu Ende gehen wird. Dann äußert sie den wirren Gedanken, dass sie ihr Baby hat hungern lassen, und Tränen schießen in ihre Augen. Es dauert lange, bis ich sie davon überzeugen kann – so hoffe ich zumindest –, dass sie das beim besten Willen nicht ahnen konnte und sie nicht die geringste Schuld träfe. „Es ist einfach am besten für den Kleinen. Und jetzt geht es ihm gut", sage ich, merke aber, dass ich damit ihre Traurigkeit wohl nicht verdrängen kann.

26. Februar

300 Gramm Zunahme in zwei Tagen. Rekord! Und es bestätigt unsere Entscheidung, Michael zusätzlich das Fläschchen zu geben. Es lässt den Gedanken in meiner Frau reifen, ihm wohl doch nicht bis in den Mai die Brust zu geben, sondern nach und nach abzustillen. Ein weiterer Anruf bei Gabi, unserer Hebamme, lässt uns diese Entscheidung noch leichter treffen. „Der Kleine entscheidet, wie lange das Abstillen dauert", erklärt sie uns. So oft er die Brust noch braucht – und sei es nur zum Kuscheln – soll Tamara sie ihm geben. An diesem Abend trinkt er wieder sein Fläschchen, spuckt mich an und fällt wieder ins Koma. Trotzdem – so kann's weitergehen. Denn er wiegt nun schon wieder 150 Gramm mehr. Ein tolles Gefühl, nachdem wir uns lang solche Sorgen gemacht hatten. Wir sind stolz und glücklich, dass es ihm gut geht.

29. Februar

Es ist vollbracht: Vier volle Kilos bringt Michael jetzt auf die Waage. Das Thema Gewichtszunahme scheint erst mal endgültig vom Tisch. Über Facebook schickt mir Tamara ein Video von unserem Kleinen, wie er in seiner Wiege liegt und – so sind wir überzeugt – mit voller Absicht mit seinen Händchen an die kleinen Bären greift, die knapp über ihm baumeln. Das Video dauert 1:08 Minuten, aber ich möchte keine Sekunde davon verpassen, denn ich platze vor Stolz. Ich hätte mir nie vorstellen können, dass einem die kleinen Fortschritte, die das eigene Kind macht, so nahe gehen könnten. Aber es ist wie ein Tsunami an Glück, der einen überflutet und staunend zurücklässt. Als ich nach Hause komme, sehe ich eine strahlende Mama, die wohl zum ersten Mal komplett vergessen hat, dass sie ihr Kind nicht mehr lange an der Brust nähren wird. Anderes tritt in den Vordergrund. Und das ist gut so.

2. März

Entgegen unseren ganzen Helferbüchern und der wissenschaftlichen Meinung bin ich hundertprozentig überzeugt, dass mein Sohn mich gerade angelächelt hat. Warum soll er es denn einfach so machen? Wenn es ihm nicht gut geht? Nein, er ist zufrieden und glücklich. Wir strahlen uns gegenseitig um die Wette an und als Mamas Kopf hinter meinem auftaucht, trübt das die Laune in keiner Weise. Ein Hammergefühl und wieder einer dieser Momente, wo man denkt, es hat sich gelohnt. Es hat sich gelohnt, nicht mehr einfach mal so auf ein Bierchen gehen zu können. Es hat sich gelohnt, dass sich alles um Junior dreht und wir bisher irgendwie noch keine einzige Minute nur für uns hatten. Und dass auch ich merke, dass ich bei uns nur noch die Nummer Zwei bin. Aber dahinter steht das Prinzip Hoffnung: Die Momente zu zweit werden irgendwann wieder kommen, wenn auch wahrscheinlich besser geplant und nicht mehr so spontan wie in der Vergangenheit. Irgendwann werden wir auch mal wieder zusammen fortgehen und feiern können. Wenn er reif für Babysitter, sprich Schwiegermama ist. Aber, und das ist viel wichtiger: Irgendwann werden wir zu dritt in den Urlaub fahren. Ich werde mit meinem Sohn wandern gehen, werde mit ihm Fußball im Garten spielen, werde ihm zeigen, wie man einen Schneemann baut. Und noch so vieles mehr. Und das, genau das, ist all dies mehr als nur wert.

5. März

Tamara und ihre Mama gehen jetzt auf den Kinderbasar bei uns im Dorf. Gleich werden Sohn, Mama und Oma losziehen und sich mit den Hyänen messen. Denn dort – und ich kenne es nur aus Erzählungen und so soll es auch sein – geht es zu wie im Krieg. Die Ellbogen werden ausgefahren, es wird gedrängelt und geschubst ohne Rücksicht auf die Schwächeren – die kleineren Mamas. Über Tamaras letzten Basar hörte ich nur, dass sie zwei Minuten vor Eröffnung dort gewesen war, die Hyänen aber schon mit vollbepackten Ikea-Tüten in den Ecken der Lagerhalle saßen und dort die Klamotten, die sie zuvor wahllos in die Tüten gestopft hatten, an Ort und Stelle aussortierten. An der Kasse war schon eine lange Schlange, obwohl das zeitlich eigentlich gar nicht hätte möglich sein dürfen. Aber Hyänen halten sich nicht an Regeln. Und deswegen möchte ich in diesem Leben auf gar keinen Fall mit in das Kampfgebiet. Das sollen die Frauen machen, die sind da härter, rücksichtsloser. Hyänen eben. Von den Erlebnissen heute in der Kampfzone kann ich leider – oder Gott sei Dank – erst morgen berichten.

6. März

Der Basar ging laut Aussagen meiner Frau ohne größere Attacken vonstatten. Sie brachte sogar zwei neue Errungenschaften von ihrer Jagd zurück. Eine Softshelljacke für den Kleinen – wobei ich mich frage, wann wohl die erste Motorradjacke für Babys auf den Markt kommt. Und so eine Art Teller mit Gipspäckchen, in dem Klein Michi seinen Handabdruck verewigen kann. Eigentlich ganz schön für drei Euro. Mir selber geht es heute nicht so gut. Anscheinend hat mich das Erkältungsgespenst heimgesucht, denn ich fühle mich unglaublich matt und die Nase macht auch ihre Zicken. Heißt: Abstand halten von meinem Sohn. Befehl von oben!

9. März

Nachdem ich vorgestern nach der Arbeit auch noch Fieber bekommen hatte, wurde die Abstandsanweisung meiner Frau um zwei weitere Tage verlängert. Kein direkter Kontakt zu meinem Sohn. Verständlich, da er eh schon in irgendeiner nächsten Phase steckt und sich seine Unzufriedenheit bei Nichtbeachtung durch lautes Gequengel ausdrückt. Aber gestern Morgen, kurz bevor ich mich ins Büro schleppte – mir ging es immer noch nicht besonders – bekam ich noch ein Morgenlächeln von Michael. Eine ganz besondere Auszeichnung, da er in der Früh seine Zeit braucht, bis er ansprechbar ist. Da sieht man, dass auch seine Mutter ihre Gene gut weitergegeben hat.

11. März

Unsere Hebamme hat uns zwar ein bisschen die Bedenken genommen, aber ein wenig Sorgen macht uns doch, dass Junior sich derzeit zum Spuckweltmeister entwickelt. 200 ml rein, 50 ml raus. Und das überallhin. Dabei zählt er zudem auf den Überraschungseffekt. Wenn man am wenigsten damit rechnet, macht es „pflutsch" und Jacke, Pulli, Sofa oder was grad in der Nähe ist, wird mit einem weißen Schleim bedeckt. Liegt wahrscheinlich dran, dass er, wenn er an der Flasche hängt, wie ein kleiner Irrer saugt und auch nach der kompletten Füllmenge oft nach mehr schreit. Und die Mama rennt dann auch in den meisten Fällen. Da kann ich sagen, was ich will. Zehn Minuten später haben wir dann meistens den Salat beziehungsweise den Schleim. Aber solange er zunimmt – und das ist auch die Aussage von Gabi, unserer Hebamme – darf er auch schon ein bisschen spucken. Wobei ich „ein bisschen" schon als relativ ansehe.

12. März

Ein Ausflug mit Oma steht an. Nur ich, Michael und die Oma. Tamara muss auf eine Prüfung lernen und ist wohl auch froh, mal eine gute Stunde komplette Ruhe und Muße dafür zu haben. Schon am Vormittag wird auf diesen Termin um 13 Uhr hin geplant. Um 11:30 Uhr gibt's die Flasche. Also müsste er auch für die folgenden Stunden nach 13 Uhr zufrieden sein. Auch ich mache mich fertig, wir wollen nämlich mit dem Kinderwagen auf einem Fahrrad- und Wanderweg in einen nahe gelegenen Supermarkt laufen und dort für unser heimeliges Wochenende einkaufen. Mein Vater bringt dann auch meine Mutter pünktlich kurz vor eins und auch wir sind bereit. Der Kleine ist eingeschmiert, Mütze auf, blaues Jäckchen mit Hasenohren angezogen und in den Kinderwagen verfrachtet. Zu zweit heben meine Frau und ich den Kinderwagen samt wertvoller Fracht die vier Stufen vor unserem Haus hinunter. Dann kann's auch schon losgehen. Zu dritt machen wir uns auf den Weg. Es ist noch trübe, aber wenigstens hat es über null Grad. Links und rechts in den Gärten ist es noch grau, aber an den Bäumen erkennt man schon, dass der Frühling in den Startlöchern steht, denn die Knospen an den Ästen sind schon kurz vorm Aufplatzen. Langsam gehen wir den Schotterweg entlang, ich schiebe, meine Mutter läuft neben uns und schaut alle fünf Meter in den Wagen zu ihrem geliebten Enkel. So lange, bis ich sein Spucktuch über den Aufsatz oben hängen muss, denn der kalte Ostwind zieht doch sehr und ich will nichts riskieren. Nun ist Schluss mit reinlugen, aber der Kleine schläft eh selig wie immer, wenn er an der frischen Luft ist. Im Supermarkt übergebe ich Michael in die Obhut meiner Mutter. Ich selbst schiebe nun einen Einkaufswagen und erledige die aufgetragenen Einkäufe. Auch der Rückweg, nun schiebt die Oma persönlich, verläuft ohne besondere Vorkommnisse und kurz vor zuhause bereite ich meine Frau darauf vor, dass wir noch auf einen Kaffee mit hineinkommen würden, bevor ich meine Mutter heimfahre. Auch im Haus wacht Junior zur Enttäuschung seiner Oma nicht auf. „Aber das nächste Mal will ich ihn dann aber wieder auf den Arm nehmen", sagt sie. Und hofft, dass er vielleicht doch noch aufwacht.

14. März

Neben der morgendlichen Lächelparade erwartete mich gestern unerwartet eine abendliche Session. Mit Lächeln, Lachen, Grinsen. Und da lag unser Junior schon in seinem Bettchen und sollte eigentlich schlafen. Aber das hat uns allen einen solchen Spaß bereitet, dass wir einfach nicht damit aufhören wollten. Leider mussten wir es auch ein bisschen büßen. Denn Michael sah es wohl als eine Abkehr vom Ritual des allabendlichen Schlafengehens an und blieb einfach zwei Stunden länger als sonst wach. Daraus haben wir gelernt. Und zwar, dass wir leider – und ich hoffe, wir halten das auch durch – besser auf die Abendvorstellung verzichten sollten. Um uns und ihm den gewohnten Schlaf zu gönnen. Ob's gelingt? Ich weiß es nicht.

15. März

Da sich unser Kleiner regelmäßig nach dem Fläschchen mit einem Lächeln auf den Lippen vollspuckt, haben wir die Vorgabe unserer Hebamme, Michael einmal in der Woche zu baden, über Bord geschmissen und tun das nun nach Bedarf. Die Zeremonie ist dabei immer dieselbe: Ich schleppe das Gestell und die leere Wanne vom zukünftigen Kinderzimmer in unser Bad. Die begehbare Dusche, die wir uns dort einbauen haben lassen, ist dabei wie ein Gottesgeschenk. Einfach hinstellen und fertig. Man kann wunderbar hin und her sauen und es macht gar nichts, wenn mal Wasser rausspritzt. Haben wir gut gemacht – ohne wirklich im Vorfeld daran gedacht zu haben. Aber sei's drum! Heute will ihn mal Tamara baden. Weil sie natürlich auch mal ein Foto haben will, wo sie unseren Junior im Arm hält und in der mittlerweile sichtlich enger gewordenen Wanne hin und her schippert. Dass er dabei einen Heidenspaß hat, sieht man ihm förmlich an. Die Arme rudern, die Augen sind aufgeregt Richtung Decke oder auf meine Frau gerichtet. Und der Gesichtsausdruck ist einfach zum Niederknien. Selbst wenn er vorher noch quengelig war, ist es, sobald er im warmen Wasser ist, sofort vorbei mit der schlechten Laune und er ist einfach glücklich. Und wir natürlich auch.

17. März

Thema Nummer eins ist momentan: das Köpfchen heben. Meine Frau, die mittlerweile einen Rückbildungskurs besucht, trifft dort auf andere Mütter. Mit anderen Kindern. Die auch nicht alle im selben Moment dasselbe können. Und das muss ich nun auch mit ausbaden. Sie ist tatsächlich auf den „Zug der vergleichenden Mütter" aufgesprungen und jetzt geht es in etwa so: „Die eine ist eigentlich ganz nett und ihr Sohn ist sogar eine Woche jünger als unserer. Aber der hebt das Köpfchen schon viel weiter. Und stützt sich auch noch mit den Armen. Ich versteh das nicht, warum Michi das nicht macht." Ich beschwichtige sie dann immer und sage, dass er doch dafür bei anderen Sachen weiter ist. Ja, das ist er, denn wenn ich mich mit ihm unterhalte, klingt das oft, wie wenn zwei einsame Wölfe um die Wette heulen. Er heult vor, ich heule nach. Teilweise fast eine Minute lang. Einfach herrlich, wie wir unser Revier markieren. Aber zurück zum Vergleichen. Das werde ich mir wohl jetzt die nächsten Monate anhören müssen. Denn trotz aller Bekundungen, dass sie doch nicht so sei und mit solchen Müttern nichts zu tun hätte, glaube ich ihr irgendwie nicht. Eher denke ich: Eine Glucke wurde geboren!

20. März

Meine Schwiegermutter hatte heute Geburtstag. Dementsprechend ereignisreich war auch dieser Tag. Schon am Vormittag war die Planung darauf ausgerichtet, dass wir mittags pünktlich in ein alteingesessenes Lokal, in dem wir einen Tisch reserviert hatten, aufschlagen könnten. Heißt, im richtigen Moment füttern, zum optimalen Zeitpunkt die Windeln wechseln und den Kleinen möglichst so beschäftigen, dass er im Restaurant keinen Terror veranstaltet. Wir haben das alles wieder Mal einwandfrei hingekriegt. Denn wie immer hat Klein Michel das komplette Geburtstagsessen verschlafen. Und das, obwohl Uroma und Uropa als Überraschungsgäste extra aus Ulm angereist waren. Und die Uroma den Kleinen nur zu gern so lang herumbalfert, bis er erschöpft ins Koma fällt. Auch heute Nachmittag sollte es so kommen. Es ist ja verständlich, sie reisen ein paar Hundert Kilometer an, um den Sonnenschein der Familie zu sehen. Der Geburtstag der eigenen Tochter war dafür natürlich ein perfekter Vorwand. Deswegen ging's nach dem Essen auch gleich weiter zu uns. Die Uris kamen gleich mit, Schwiegermama und ihr Lebensgefährte fuhren erst mal zu sich. Und schon begann die Show: Michi hier, Michi da, Michi dort. Der Kleine schien auch wirklich Spaß an der ganzen Sache zu haben, denn er lächelte und lachte fast ununterbrochen. Am meisten, als er erkannte, dass der Uropa wohl tatsächlich dieselbe Frisur wie er hatte. Oben fast kahl. So bildete es ich mir zumindest ein. Später kamen dann die anderen auch wieder und bei Kaffee und selbstgebackener Schwarzwälder Kirschtorte stand Junior weiter im Mittelpunkt. Die Uroma brummte „Alle meine Entchen", als sie ihn auf dem Arm hatte. Ich dachte, das Geräusch dazu kam von unserer Heizung und befürchtete schon einen ernsten Schaden. Michael wurde dadurch immer aufgedrehter. Ich sah meiner Frau an, wie langsam mehr und mehr die Sorge darüber in ihr hochstieg. Denn sein Rhythmus war nun, trotz aller Freude, komplett durcheinander. So entriss ich ihn schließlich den Armen der Uris, die unentwegt auf ihn einredeten. Ich nahm in selbst auf den Arm und sagte einfach gar nichts. Ich schaukelte ihn ein bisschen und hoffte, dass er langsam wieder ein wenig runterkam. Es schien mir nach und nach auch zu gelingen. Der Abschied fiel leiser aus als die Ankunft und als unser Besuch weg war, war es schon nach 18 Uhr. Es dauerte auch nur noch eine Stunde, bevor Mama und Sohn ins Bett verschwanden. Sie fielen in dieser Nacht beide ins Koma und die Sorge, dass es eine schlaflose Nacht werden würde, war unbegründet.

22. März

Tamara geht jetzt zur Babymassage. Am Abend habe ich die Ergebnisse des Kurses mit angesehen. Sie hat unseren Kleinen auf eine Decke gelegt, mit Babyöl eingeschmiert und dem Papa ihre neuen Kenntnisse vorgeführt. Der Kleine weiß aber noch nicht, ob es ihm wirklich auch gefällt, oder besser, wie ihm gerade geschieht. Aber schon nach kurzer Zeit sieht man, dass er sich ein Lächeln nicht mehr verkneifen kann. Er grinst, wirkt einfach fröhlich und freundet sich sichtlich mit dem neuen Ritual an.

24. März

Morgen steht unser erster gemeinsamer Familienkurzurlaub an. Wir haben für drei Tage ein Ferienhäuschen mit Sauna und Whirlpool angemietet und sind schon alle aufgeregt, wie es mit Junior wohl werden wird. Heute hat er auf jeden Fall viel geschlafen, auch tagsüber. Wir fragen uns, ob das die Ruhe vor dem Sturm ist. Morgen werden wir mehr wissen.

25. März

Als wir aufwachen, hat meine Frau schon ein ungutes Gefühl und das bestätigt sich, als wir bei Michi Fieber messen. 37,6 Grad. Wir sehen unsere Pläne schon davonschwimmen und planen bereits für die Alternative Arztbesuch statt Sauna. Eine Stunde später hat er „nur" noch 37,3 Grad. Es sinkt. Andernfalls hätten wir abgesagt. Aber nun lautet das Motto: abwarten, packen und beobachten. Und tatsächlich: eine weitere Stunde später ist die Temperatur unter 37 Grad. Wir fahren ab. Ein kurzer Halt bei McDonalds und zwei Stunden später sind wir am Urlaubsort angekommen. Es folgt eine kurze Schlüsselübergabe und dann ist es auch allerhöchste Eisenbahn, denn der Hunger bei Junior kommt durch und der Alarm geht los. Gerade noch rechtzeitig geschafft!

Der emotionale Stress hat uns aber ziemlich geschafft, sodass wir beschließen, unser Domizil an diesem Tag nicht mehr zu verlassen. Das schlechte Wetter und ein Pizzaservice vor Ort passen da gut zu unseren Plänen. Ein erster Saunabesuch folgt am Abend. Der Kleine bleibt immer im Auge und ausgebreitet auf dem großen Bett, von dem aus man die wunderschöne Landschaft aus erhobener Position im Blick hat. Ein Panoramafenster über dem Bett macht's möglich. Einfach schön, dachte ich mir und schwitzte gut an. Die Stimmung wurde immer entspannter und nach der Pizza gönnten wir uns ein Gläschen Wein. Der Kleine lag oben, gut überwacht von unserem Babyfon mit Videofunktion. Eine super Sache, auch wenn es meine Frau so sensibel eingestellt hat, dass selbst eine Fliege Alarm schlagen würde. Tamara ging etwas eher ins Bett. Ich trank noch das ein oder andere weitere Gläschen und wurde dann im Bett von einer tief schlafenden Frau und einem unablässig brummelnden und stöhnenden Kind erwartet. Zwei Stunden später ging ich wieder runter, schaute herum, las etwas und versuchte es wieder. Irgendwann übermannte mich dann auch die Müdigkeit. Allerdings war es keine sehr erholsame Nacht. Gott sei Dank waren wir zum Relaxen hier und es standen keine überambitionierten Tagespläne an.

26. März

Er will und will nicht schlafen. Er schaut sich die neue Umgebung an. Dreht den Kopf nach links, nach rechts, wieder nach links. Wir sind uns sicher: Ein neuer Schub ist da! Dazu außen rum alles neu und unbekannt. Wahrscheinlich ein denkbar schlechter Zeitpunkt für unseren ersten Urlaub. Wenn er nicht sonst so eine Frohnatur wäre, würden wir wahrscheinlich bald die Hölle durchmachen.

Am Abend hatten wir in einem kleinen Asienrestaurant im Dorf einen Tisch reserviert. Also, den Kleinen rein in den Maxi Cosi. Parkplatz gesucht, bestellt und aufs Essen gefreut. Und dann gingen die Augen auf – dazu muss man sagen: Wir sind es einfach gewöhnt, dass er schläft, wenn wir unterwegs sind – und kurz darauf ging die Sirene los. Essen kam, ich habe es in Überschallgeschwindigkeit hinuntergewürgt, Tamara hat den kleinen Schreihals auf dem Arm zu beruhigen versucht und nach einer halben Stunde waren wir wieder auf dem Weg ins Ferienhaus. Mir war es schlecht, meine Frau hatte Hunger und der Kleine war unberechenbar. In der Mikrowelle haben wir dann den Rest warm gemacht und Junior wurde tatsächlich etwas ruhiger. Auch die Nacht war nicht mehr ganz so unruhig.

27. März

Unser Kurztrip ging so schnell zu Ende, wie er gekommen war. Wir gingen auf dem Rückweg noch schön Essen. Auch aus dem Grund, dass meine Frau zumindest ein bisschen kulinarischen Genuss in diesen Tagen ihr Eigen nennen konnte. Aber auch im Heilbrünnl, so hieß das Wirtshaus, enttäuschte uns Michi nicht und fing mittendrin wieder an, unruhig zu werden. Zum Glück waren wir da beide so gut wie fertig und dieses Essen sollte so in guter Erinnerung bleiben. Zuhause angekommen, packte Tamara den Kleinen und ich den ganzen

Rest aus. Nachmittags kamen noch die Schwiegermutter und der Patenonkel und die gewohnte Umgebung schien zu helfen. Alles war wieder ruhig.

28. März

Unser Sohn hat komplett durchgeschlafen. Von zehn Uhr abends bis sechs Uhr früh. Was am Morgen noch mit ungetrübter Freude gefeiert wurde, sollte im Laufe des Tages zu einer weiteren Geduldsprobe werden. Der neue Schub war nun endgültig da und unser Sohn hat im Laufe des Tages entweder gestrampelt, geschrien oder in die Luft geschaut. Aber nicht geschlafen. Und je länger er nicht geschlafen hatte, desto unleidiger wurde er. Ein Teufelskreis, dessen Folgen nur mit geduldigem Herumtragen und Schaukeln eingedämmt werden konnte. Auch die sonst so unendlich tapfere Mutter verlor heute mal die Nerven und gab mir den Tränen nah den Kleinen. Und so versuchte ich mein Glück. Ich hatte ein paar Mal Erfolg und konnte somit beide etwas beruhigen. Aber dennoch hoffe ich, die Phase dauert nicht allzu lang.

2. April

Die Faust in den Mund zu bekommen, das ist momentan das Wichtigste im Leben unseres Sohnes. Zuerst starrt, dann schielt er sie intensiv an, dass die Augen fast hinter der Nase verschwinden. Und dann ab in den Mund. Zumindest soweit sie reinpasst. Da ist auch ein schönes Lächeln oder ein ausgiebiges Glucksen nur vorübergehend, ehe die Konzentration wieder voll auf die zusammengekrümmten Fingerchen übergeht. Und auch von selbst einschlafen scheint im Moment ein unmögliches Unterfangen zu sein. Sowohl ich als auch meine Frau laufen stundenlang durchs Wohnzimmer, ja durchs ganze Haus. Und Junior guckt sich derweil um – mit weit aufgerissenen Augen. Man weiß irgendwie auch nicht genau, ob ihn alles interessiert oder ob er einfach nur durch die Gegend starrt und uns sozusagen was pfeift in punkto Einschlafen. Erst nach langen Minuten und vielen Metern schließt er seine Augen. Und dann kommt erst der richtig schwierige Teil: Wie bekomme ich ihn vom Arm ins Bettchen oder zumindest auf die Couch? Meist mit einem leisen Knurren begleitet, lassen wir ihn möglichst sanft abgleiten. Wenn er dann die Augen nicht aufreißt, ist es geschafft. Zumindest für ein paar Minuten. Denn obwohl wir so leise sind, dass wir uns selbst nicht mehr verstehen, wacht er wie von Geisterhand nach höchstens einer halben Stunde auf und das Spiel geht von vorne los. Bitte wieder nur eine Phase. Hoffen wir!

4. April

Heute war ein richtig schöner Sommertag und so sind wir nach der Arbeit noch eine Stunde mit dem Kleinen spazieren gegangen. Auch mittags war meine Frau schon fast zwei Stunden mit ihm unterwegs. Es ist Frühling und völlig normal, da jeden Sonnenstrahl auszunutzen. Und dass Michael derzeit tagsüber wenig schläft und viel Beschäftigung braucht, ist nichts Neues. Aber als wir von unserem kleinen Ausflug wieder nach Hause gekommen sind, habe ich noch ganz normal mit ihm gespielt, bevor im wahrsten Sinne die Hölle losbrach. Von der einen auf die andere Sekunde schrie unser Sohn wie am Spieß und in einer Lautstärke, die einem fast das Trommelfell zerfetzte. Meine Frau kam sofort herbei gestürmt. „Ich habe nichts gemacht", habe ich mich gleich verteidigt. Und das stimmte ja auch. Er hatte mich auf einmal mit groß aufgerissenen Augen angesehen und dann ging's los. Er war dann auch durch nichts mehr zu beruhigen. Tamara bekam Panik, ich machte Vorschläge zur Beruhigung, die dann ihre Wut auf mich noch steigerten. Denn irgendwie schob sie mir unterbewusst wahrscheinlich doch die Schuld an dem Vulkanausbruch zu. So wurde dann auch ich nervös und wir wurden beide lauter und warfen uns gegenseitig schlichtweg dumme Dinge vor. Aber im Nachhinein muss ich sagen, wir waren wirklich in Panik, denn wir waren so etwas bisher nicht gewöhnt. Erst nach fast einer Stunde schlief er dann endlich auf dem Arm meiner Frau ein. Wir legten ihn ins Bett, wo er die nächsten elf – ja genau, elf Stunden – durchschlafen sollte. Unsere Vermutung: Die Zähne schießen ein. Aber sicher sind wir nicht, wie es weitergeht und was ihn da wohl geritten hat.

6. April

Meine Frau war heute beim Kinderarzt. Der sagt, im Mund seien Abszesse. Das hätten Babys in dem Alter oft. Aber wir sind nach wie vor der Überzeugung, da kommt was. Wir haben auch schon Beißringe besorgt. Das Problem ist nur, der Kleine kann sie noch nicht selber so halten, dass er den Ring auch sicher in den Mund stecken und drauf herumkauen kann. Immer wieder fällt er ihm aus dem kleinen Händchen und dann kommt wieder die Faust dran. Aber sei's drum: Wenn er damit zufrieden ist, sind wir es auch.

7. April

Wir legen Junior immer öfter auf den Bauch. Er hebt sein Köpfchen auch schon von selbst hoch und schaut mal links, mal rechts, während er laut stöhnt und ächzt. Aber es scheint ihn positiv anzustrengen. Denn die Laune schlägt trotz hochfrequenter Geräuschkulisse nicht um. Was uns etwas Sorgen macht: Er scheint noch nicht zu begreifen, dass es einfacher wäre, die Arme dazu zu nehmen, um sich abzustützen. So rudert er rum wie ein Skiflieger bei starkem Seitenwind und ächzt weiter von Rekord zu Rekord. Wir sind begeistert.

9. April

Michael macht immer neue Geräusche. Es ist fantastisch zu beobachten, wie er versucht, seine Zunge immer wieder anders, immer wieder neu zu verformen und so irgendwelche neuen Laute auszutesten. Heute Morgen hat er mir bestimmt fünf Minuten erzählt, was er nachts so alles geträumt hat. Einem leisen „uuooo" folgte ein „aaaahhh" und schließlich setzte er noch ein „uuuhhh" drauf. Wenn ich dann noch mit der Zunge schnalze, lacht unser Junior übers ganze Gesichtchen.

11. April

Michi liegt grad auf seiner Spieldecke und die Mama ist in der Küche und bereitet das Essen vor, als er dermaßen lauthals losgluckst, wie wir es bisher noch nicht erlebt hatten. Die Mama stürmt herbei. Ich: „Schnell, nimm's auf!" Das Glucksen, ja fast schon Lachen, geht weiter. Das Handy schnell gezückt, Kamera auf Videofunktion und los. Er gluckst noch einmal. Ich denke mir, was gibt's schon zu verlieren und sage: „Uuuund noch mal!". Er gluckst wieder. „Und noch mal!". Wieder ein lautes Glucksen. Das Ganze geht noch sieben oder acht Mal. Und er reagiert jedes Mal, wenn ich ihn anfeuere. Wir sind hin und weg. Das war ein Quantensprung. Und wir haben ihn sogar auf Video.

12. April

Michi scheint jeden Tag so viel Neues zu entdecken und zu lernen, dass er sich jeden Abend, so auch heute, dermaßen gegen das Einschlafen wehrt, dass er seine Mama und mich zur Verzweiflung bringt. Die Augen sind schon zu, als ich ihn durch das Wohnzimmer trage, aber er fängt dennoch immer wieder an, sich mit allen zur Verfügung stehenden Kräften dagegen zu wehren, endgültig einzuschlafen. Es folgt der obligatorische Wechsel mit der Übergabe an die Mama, die nun ihr Glück versucht. Auch vergebens. Rückgabe an Sender und dieses Mal funktioniert es nach gut zehn Minuten. Das kleine Schreimonster schläft. Ich kippe ihn noch auf die Couch, wo er kurz murrt und dann weiter im Reich der Träume dahinvegetiert. Für heute ist das Drama geschafft. Noch kurz die Mama gelobt und getröstet, denn gerade, wenn er so schreit, zerreißt es wieder und wieder ihr zartes Mutterherz.

15. April

Es scheint bald ein neuer Durchbruch bevorzustehen. Unser Junior dreht mehr und mehr seine Hüfte zur Seite. Er will sich alleine auf seinen Bauch drehen, doch es klappt noch nicht so ganz. Der Oberkörper scheint irgendwie noch zu schwer, um ihn alleine zu drehen. Er wackelt zur Seite, wieder zurück und so immer weiter. Aber wie schon bei den Durchbrüchen zuvor, passiert der erste Dreher wahrscheinlich völlig ohne große Ankündigung. Wir legen ihn auch mehrmals täglich auf sein Bäuchlein, um das Kopfheben zu trainieren. Dabei stößt Michi fast unmenschliche Laute der Anstrengung aus. Aber es scheint ihm trotzdem Spaß oder ihn zumindest neugierig zu machen. Denn es dauert schon recht lange, bis die Stimmung kippt und aus Anstrengung Frust und Weinen wird. Meistens schaffen wir es, den Absprung dabei rechtzeitig zu schaffen.

17. April

Gerade am Morgen erzählt unser Junior fast ohne Unterlass von den Erlebnissen der Nacht. Heute kam es dabei zu seinem ersten – wenn auch sinnfreien – Wort: „Huurrrda!" Und egal, ob Sinn oder nicht, ich fand's herrlich, so etwas wie ein Wort aus seinem kleinen Mund zu hören. Ich frage mich, wie es wohl sein wird, wenn aus diesem Mund so etwas wie Papa oder Mama kommt. Wahrscheinlich einer der größten Glücksmomente im Leben von Eltern. Aber bis dahin wird's wohl noch ein bisserl dauern. Ich hoffe nur, dass ich dabei bin, wenn es so weit ist. Ach ja, auf Türkisch heißt „hurda" sowas wie Schrott oder Altmetall. Hoffe, er hat nicht daran gedacht, als er mich dabei angestrahlt hat.

18. April

Seit seinem Lachausbruch vor gut einer Woche haben wir Michi zwar sehr oft zum Strahlen oder Lächeln gebracht, aber einen solchen Glucksauftritt haben wir bisher leider nicht wiederholen können. Obwohl es meine Frau sicher Hunderte Male mit „Uuund noch mal" probiert hat. Auch Oma, Opa und Konsorten haben sich daran versucht. Ohne Erfolg. Wir wissen nicht, was ihn da geritten hat, aber als ich heute so was wie „tickitickiticki" sagte und auch mehrmals wiederholte, kam es ansatzweise zu so einer Glucksarie. Für eine Aufnahme mit dem Handy war es zu kurz, aber Tamara hat es glücklicherweise auch mitgehört. Es scheinen irgendwelche hellen Tick-Laute zu sein, die ihn besonders zur Freude animieren. Naja, wir sind gespannt, wann es uns wieder gelingt, ihn und damit uns alle so richtig glücklich zu machen.

20. April

Der kleine Mönch. So sieht er aus, unser Sohn. Seine Backen sind jetzt zeitweise mittelprächtig propper und da er jetzt entdeckt hat, dass er nicht nur eine, sondern zwei Hände hat, faltet er sie oft zusammen und spielt mit seinen kleinen Fingerchen. Er probiert aus, ob sie zusammenpassen, streichelt sie, lässt aber von der alten Gewohnheit, sich selbst damit ins Gesicht zu schlagen, wenn er sein kleines Fäustchen in den Mund stecken will, trotzdem nicht ab.

22. April

Wenn er mit mir spricht, kommt teilweise ein kleines Spucke-
blasenfestival aus seinem Mund und erzeugt ein sich ständig
wiederholendes „Grrrchhhhhh". Ungefähr einen Monat vor der
Zeit, was seine Mutter sehr glücklich macht. Aber er kippt beim
Tragen immer noch recht oft mit dem Köpfchen nach vorne, was
seine Mutter wiederum unglücklich macht. Ich bin sicher, dass
das auch damit zusammenhängt, dass unser Sohn seit seiner
Geburt wirklich gut zugelegt hat und nun mit über 6,1 kg jetzt
mehr als das Doppelte als am 6. Januar wiegt. Und das muss
man erst mal kontrollieren können. Also Geduld!

24. April

Michael ist recht quengelig. Unsere Vermutungen reichen von
Zahnen bis zu einer neuen Phase. Er lächelt einen an und schreit
Sekunden später wie am Spieß, bevor er wiederum Sekunden
später durch die Gegend schaut, als ob nie etwas gewesen wäre.
Und er will und will nicht schlafen. Einzige Ruhephase für ihn
und für uns ist kurz nach dem Fläschchen. Aus diesem Grund
stecken wir ihm dieses auch so oft wie möglich in den Mund und
haben dabei ein schlechtes Gewissen. Das wissen wir aber auch
zu beruhigen: „Er nimmt sich, was er braucht", heißt es da. Oder:
„Mit diesen Ersatzmilchprodukten ist es wie mit Muttermilch. Da
kann man ihn gar nicht überfüttern." Kommentare wie „Er hat
aber schöne dicke Backen" prallen da an uns ab. Oder wir reagieren beleidigt. Schließlich wissen wir (nicht), was wir da tun. Aber
eine Pause braucht jeder mal. Und da ist oft jedes Mittel recht.

25. April

Ich war nur kurz früh in der Arbeit und bin dann wieder nach
Hause. Mein Kopf fühlt sich an, als wäre er voller Watte und

ich bin so kaputt, dass ich mich fast nicht auf den Beinen halten kann. Als meine Frau von ihrem Rückbildungskurs zurück nach Hause kommt, ist unser Kleiner auffällig ruhig und lächelt auch nicht. Ich weiß, wir sind da verwöhnt. Aber so ist er eben, ein kleiner Sonnenschein. Und wenn er es nicht ist, macht sich Tamara Sorgen. Dieses Mal begründet, wie sich nach dem Fiebermessen herausstellt. Unser Sohn hat 38,6 Grad Fieber. Ein Anruf bei der Hebamme und ein Fieberzäpfchen beruhigen uns wieder. Ich vegetiere auch weiter dahin. Beim nächsten Fiebermessen hat Michi 39 Grad und wir entscheiden uns, zum Arzt zu fahren. Das heißt, meine Frau und der Kleine. Ich bin ja schon außer Gefecht. Als sie wiederkommen, ist es gewiss: Er hat einen Virus und wir sollen ihm weiter Fieberzäpfchen geben und beobachten. Wir gehen alle früh ins Bett.

26. April

Ich wache oben im Gästezimmer auf, wo ich unter der Woche die Nächte verbringe. Noch ziemlich kaputt, aber ein bisschen besser geht es mir. Es ist sieben Uhr und ich gehe ins Wohnzimmer und trinke einen Kaffee. In die Arbeit werde ich erst morgen gehen und mich heute noch auskurieren. Als meine beiden um halb neun immer noch nicht aufgetaucht sind, mache ich mir große Sorgen, traue mich aber nicht ins Schlafzimmer. Sie sollen ja so viel wie möglich schlafen. Als meine Frau dann schließlich mit dem Kleinen auf dem Arm reinkommt, gibt sie leichte Entwarnung. Er habe zwar in der Nacht sogar über 39 Fieber gehabt, habe jedoch nie apathisch gewirkt und gut getrunken. Wenn das Fieber, das in der Früh gesunken war, wieder steigen würde, würde sie noch mal zum Arzt fahren. Mittags war dann Entwarnung: Das Fieber war weg. Er war zwar noch ein bisschen „dalätscht", aber sichtbar auf dem Weg der Besserung. Auch ich legte mich nachmittags noch einmal ins Bett. So hoffen wir, dass Vater und Sohn morgen wieder beide auf dem Damm sind. An einen Zufall glauben wir nicht, nur wer jetzt wen angesteckt hat, wird wohl im Dunkeln bleiben.

29. April

Heute waren wir auf dem Geburtstag meines Vaters und unser Sohn hat sich dementsprechend benommen. Während des Essens saß er schlafend in seinem Maxi-Cosi, und auch danach war er eher ruhig. Nach zwei Stunden war dann auch die Vorstellung zu Ende und meine Frau packte den Kleinen zusammen und machte sich auf den Heimweg. Ich durfte noch bleiben. Es war ja schließlich der Geburtstag meines Papas und so tranken wir noch das ein oder andere Gläschen.

2. Mai

Insgesamt sind wir mit unserem Junior sehr zufrieden. Nachts kommt er allerhöchstens ein Mal und auch die Laute, die aus seinem kleinen Mund kommen, sind immer vielfältiger. Neben dem üblichem „Uuuuhhh" und „Ahhhh" kommt immer öfter ein kurzes „Gah" oder ein leises „Grrchhhh", bei dem sich immer kleine Spuckbläschen bilden, die munter aus dem Mund sprudeln. Aber bei Babys ist ja alles süß, so seine Mutter.

4. Mai

Die Stimmung ist nicht besonders gut, als ich voller Freude von meinem erst mal letzten Arbeitstag (ich habe nun ein paar Tage wohlverdienten Urlaub) heimkomme. Erst nach mehrmaligem Nachfragen platzt es raus: Meine Frau war mit Junior bei der U4. Und der Doktor hatte sich doch tatsächlich erlaubt, zu bemäkeln, dass unser Sohn in der Bauchstellung die Arme noch nicht korrekt vorne hält. Wenn dieser Arzt wüsste, was er mir und dem Rest der Familie damit antut, hätte er es wohl gelassen. Die Vorwürfe begannen damit, dass ich ihn wohl falsch hochhebe, und endeten damit, dass auch die Oma (Mutter von Tamara) dieses vorauszusehende Problem immer herunterspielte.

Vor mir lagen drei Stunden Hölle, Tränen und laute Diskussionen. Alles Beschwichtigen half rein gar nichts. Das wird wohl die Zeit richten müssen.

5. Mai

Es ist Vatertag. Als ich aus der Dusche rauskomme, erwartet mich mein Sohn in Mini-Lederhose und eine Magnumflasche Craftbier mit einem Aufkleber: „Für den besten Papa der Welt!" Mein erstes Geschenk von meinem Sohn. Oder war es doch von der Mama? Auf jeden Fall habe ich mich riesig darüber gefreut und bin gestärkt zu unserem jährlichen Vatertagsausflug gestartet. Natürlich mit stolzgeschwellter Brust und einem Grinsen, das man wohl nur dieses allererste Mal haben wird.

7. Mai

Nach dem Wickeln legt Tamara unseren Sohn auf den Bauch. Und was passiert? Er lässt die Arme vorne, stützt sich perfekt ab und grinst dabei noch wie ein Honigkuchenpferd aus seinen blauen Augen. Drei Tage, etliche Diskussionen und Vorwürfe zu spät. Aber ich erinnere meine liebe Frau daran, doch bei der nächsten Panikmache irgendeines Arztes an diesen Moment zu denken und nicht wieder alle in ihrem Umfeld wahnsinnig zu machen. Sie verspricht es mir und sagt, sie hätte dieses Mal wirklich daraus gelernt. Ich bezweifle das!

8. Mai

Ich bin ein Idiot. Als ich aufstehe, erinnere ich meine Frau sogar daran, nicht den Muttertag zu vergessen und ihrer Mutter zu gratulieren. Erst nach zahlreichen stechenden Blicken merke ich, dass hier etwas nicht stimmt. Und als mich Tamara tatsächlich erst erinnern muss, dass nun auch sie Mutter ist, ist es für alles zu spät. Sämtliche Entschuldigungen verpuffen im Nichts. Und es wird den ganzen Tag dauern, bis sie überhaupt wieder mit mir redet. Als sie vormittags mit dem Kleinen spazieren ist, sprinte ich zum Blumengeschäft und kaufe einen Riesenstrauß Blumen – vergebens. Ich muss mich wohl erst daran gewöhnen, dass sie nun auch eine Mama ist. Aber ich weiß, so was wird mir nie wieder passieren. Und bis Junior so alt ist, dass er selbst seiner Mutter etwas schenken kann, werde ich als braver Ersatzsohn zur Stelle sein.

11. Mai

Ich habe von Tag zu Tag mehr Respekt vor dem, was meine Frau täglich aushalten muss. Wickeln, baden, spielen, das Brüllen aushalten, warten und nichts anderes machen können. Das ist ihr Alltag, wenn ich in der Arbeit bin. Und ich erwische mich sogar dabei, mich ein bisschen nach der Arbeit zu sehnen, als ich stundenlang neben dem Kleinen auf dem Sofa sitze und mich nicht mal den Fernseher anmachen traue, weil er sonst wieder aufwachen könnte – und dasselbe Spiel wieder von vorne anfängt. Ja, das ist wirklich ein superhohes Maß an Geduld, was sie da täglich aufbringen muss. Und an Verzicht. Sicher, es lohnt sich; wenn er einen anlächelt, sind alle Mühen vergessen. Aber dennoch ist es eine solch heftige Umstellung im Leben. Und ich bin froh, dass Tamara den Löwenanteil daran mit so viel Geduld und Liebe bewältigt. Hut ab.

14. Mai

Das schlechte Wetter fesselt uns ans Haus. Aber der Kleine macht täglich Fortschritte: Er babbelt drauf los und erzählt oft fast eine halbe Stunde lang. Noch verstehen wir nicht, was er alles zu erzählen hat, aber die Zeit wird kommen. Darauf freuen wir uns schon so sehr, dass es eigentlich egal ist, ob er Worte spricht oder nur Laute macht. Schon an der Betonung wissen wir, dass es ihm gut geht. Und uns auch. Ein Leben ohne den kleinen Racker können wir uns beide nicht mehr vorstellen.

17. Mai

Mein erster Arbeitstag ist rum und ich komme voller Vorfreude nach Hause. Man gewöhnt ich so schnell daran, den ganzen Tag mit der Familie zu verbringen, dass es schwerfällt, die übliche Abstinenz wieder einkehren zu lassen. Andererseits ist es wahnsinnig schön, die paar Stunden dafür intensiv mit unserem Kleinen zu spielen, ihn zu füttern und auch mal wieder zu wickeln. Ich habe mir heute aber dafür nur eine „vollgestrullerte" Windel ausgesucht und bin heimlich froh, keine große Ladung beseitigt haben zu müssen.

19. Mai

Was der Kleine in der Früh immer für eine Laune hat, ist der helle Wahnsinn. Kaum kann er aus den verschlafenen Äuglein schauen, lacht er, erzählt, versteckt sich hinter seinem Spucktuch und freut sich ein ums andere Mal, als er wieder drüber schauen kann und seinen Papa sieht. Dieses Erlebnis ist unvergleichlich. Und ich genieße jeden Tag!

21. Mai

Das Wetter war heute mal schön und so haben wir unseren Kleinen eingepackt und sind in einen Biergarten in der Nähe gelaufen. Aber wie immer heißt das: erst mal einpacken, in den Maxi-Cosi mit Michael und dann mit dem Auto zum Startplatz. Dort haben wir dann auch meine Eltern getroffen und sind ein

Stück gelaufen. Zurzeit brauchen wir uns nicht zu beschweren. Er hat zuerst im Kinderwagen geschlafen, ist dann aufgewacht und hat noch ein bisschen später sein Fläschchen bekommen. Alles ohne große Anstalten zu machen. Auf dem Nachhauseweg gab's kurz ein bisschen Gequäke, aber dann war auch schon wieder Ruhe in unserer kleinen Familie.

23. Mai

Als ich von der Arbeit nach Hause komme, liegt unser Sohn auf seiner Decke am Fußboden, die Mama daneben und ist ganz aufgeregt: „Er dreht sich fast von allein. Auch meine Mama hat gesagt, das sieht so aus wie bei mir, kurz bevor es so weit war." Und ich sehe das ganze Schauspiel auch Sekunden später live. Heia Kleiner, bald schaffst du es! Man merkt ihm auch an, dass ihm das dauernde Auf-dem-Rücken-liegen mit der Zeit wohl zu langweilig wird.

26. Mai

Wieder mal habe ich An- und Ausziehen geübt und auch Windeln gewechselt. Ich denke, meine Frau bereitet sich beziehungsweise mich so langsam auf die erste Nacht alleine mit meinem Sohn vor. Es ist ihr ja auch zu vergönnen, dass sie nach fast einem Jahr mal alleine loszieht und ein bisschen Spaß hat. Allerdings bezweifle ich, dass sie sich in unmittelbarer Zukunft schon eine ganze Nacht von ihrem Schatz trennen kann.

28. Mai

Wir haben heute Besuch von einem ehemaligen Arbeitskollegen und sehr guten Freund von mir bekommen. Mit seiner Frau ist er gegen Mittag angekommen. Sie ist jetzt im fünften Monat schwanger und ich weiß, um was sich die Gespräche zwischen

Tamara und ihr drehen werden. Aber das ist ja ganz gut, bleibt für Silvio und mich mehr Zeit, auch über alte Zeiten zu quatschen. Mit dem Kleinen sind die beiden anfangs doch recht vorsichtig und trauen sich nur zaghaft, ihn anzufassen oder mit ihm zu spielen. Erst nach einer gewissen Zeit tauen sie auf. Tamara gibt ihn Daniela sogar, als sie das Gefühl hat, er hat Hunger. Sie bereitet sein Fläschchen vor und gibt es ihr, als er schon auf ihrem Schoß liegt. Leider tut er nicht dergleichen und nuckelt nur lustlos am Fläschchen rum. Der Vorführeffekt, denke ich. Ein bisschen tut mir Daniela leid.

30. Mai

Ich komme nach Hause und finde eine entnervte Frau vor, die Michael gerade hochhebt und ihn schaukelt: „Er will den ganzen Tag nicht schlafen, ich bin langsam echt fertig", schluchzt sie. Und der Kleine grinst bis über beide Backen, als er mich sieht. Ich bin zwar auch recht müde, packe ihn aber ein und drehe mit ihm unsere 5-km-Runde durch unser schönes Fichtelgebirge. Nach gut 300 Metern ist er auch schon eingeschlafen und als ich wieder heimkomme, geht es meiner Frau auch schon ein bisschen besser. Als sie ihn eine weitere halbe Stunde später ins Bett bringt und kurz darauf wiederkommt, essen wir zusammen und genießen die kurze Zeit zu zweit.

6. Juni

Im Moment konzentriert sich alles auf das bevorstehende Tauffest am Samstag. Tamara hat mir am Abend die Sachen auf dem Wohnzimmertisch präsentiert, die unser Kleiner bei seiner Taufe tragen wird. Ein gestreiftes Hemd, eine helle Hose und tatsächlich auch eine kleine blaue Babykrawatte. Was es nicht alles gibt. Aber er wird sicher hübsch aussehen. Wenn auch die Laune passt, wird es wohl ein tolles Fest.

9. Juni

Michael wurde gestern wieder geimpft. Und leider hat er es diesmal nicht so locker überstanden. Das Ergebnis der Vorsorgepro-
zedur ist eine schniefende Nase und dementsprechend wenig
Schlaf für ihn und seine Mama. Wir haben diesen Sauger, den
man an einen Staubsauger anschließt und mit dem man die Nase
freisaugen kann. Leichter gesagt als getan. Denn das Geschrei
beginnt schon, als der Staubsauger angeht. Seine Mama ist grad
bei einem Abendessen mit anderen Mamas aus der Krabbelgruppe und ich bin ziemlich überfordert mit der Situation. Als
ich ihn ins Bett lege, fängt er wieder zu plärren an und will sich
gar nicht mehr beruhigen. Ich denke, er bekommt einfach Panik
zu ersticken. Ich renne das Wohnzimmer mit meinem Sohn auf
dem Arm auf und ab. Und entschließe mich letztlich dazu, bei
Tamara anzurufen. Wenn es ums Beruhigen geht, kommt eben
nichts an eine Mama ran. Kurz nachdem sie heimkommt und
ihn auf den Arm nimmt, beruhigt er sich auch schon sichtlich.
Auch dem Papa fällt ein Stein vom Herzen.

11. Juni

Heute ist Taufe. Unser Kleiner hat wieder viel zu wenig geschlafen, was sich auf seine Laune auswirkt. Auch bei uns ist die An-
spannung greifbar. Als er wieder zu Plärren beginnt, packe ich
ihn bereits am Vormittag für's Rausgehen, lege ihn in seinen
Kinderwagen und drehe eine große Runde. So hat Tamara auch
mal ein bisschen Ruhe, um sich fertig zu machen. Als ich heimkomme, ist sie schon fertig und der Kleine einigermaßen entspannt. Nachdem ich mich geduscht und auch fertig gemacht
habe, packe ich ihn noch mal ein und drehe, schon angezogen
für die Kirche, noch einmal eine kleine Runde. Aus den Häusern
unseres Dorfes entdecken uns neugierige Gesichter. Er schläft
auch tatsächlich kurz ein und so kommen wir gut gelaunt zur
Kirche. Während der Zeremonie sitzt unser Michael auf Mamas

Schoß und interessiert sich am meisten für die Reihe hinter uns, in der die Omas und Opas sitzen. Seine Aufmerksamkeit und sein Köpfchen nach vorne zu bekommen, ist schier unmöglich. Später, als Nico, sein Pate, ihn übers Taufbecken hält, bleibt unser Sohn locker und entspannt. Erst als Wasser fließt, gibt es einen kurzen Schrei der Entrüstung, was denn das kalte Zeug soll. Dann ist auch schon wieder Ruhe. Wir sind alle erleichtert, wie toll er die ganze Zeremonie ertragen hat. Zur Feier im Wirtshaus muss ich ihn ein ums andere Mal vor dem Getätschel der zahlreichen Ersatzmamas retten. Aber auch das wird er überstehen. Am frühen Abend passt dann die Uroma auf ihn auf und so haben alle ein wunderschönes und friedliches Tauffest.

13. Juni

Der Schnupfen hat nun sogar die Mama voll erwischt und auch beim Junior wird es nicht wirklich besser. Nasentropfen, Absaugen und nachts eine Zwiebel. Wir setzen auf die Hausmittel und hoffen auf Besserung.

15. Juni

Als meine Frau nachts von leisen Quäken aufwacht, schaut sie in Michaels Bettchen und er liegt auf dem Bauch. Unser Sohn hat sich zum ersten Mal gedreht. Und keiner hat's gesehen. Verdammt. Aber wir sind trotzdem superstolz, denn wieder ist ein kleiner Meilenstein geschafft.

16. Juni

Unser Sohn spielt auf seiner Decke mit seinem Clown, den er zur Taufe geschenkt bekommen hat. Ich tippe mit dem Clown immer ein Stückchen weiter rechts von ihm auf und Michi versucht verzweifelt, an seinen Liebling zu kommen. Immer ein Stückchen weiter dreht er sich. Und noch ein Stückchen. Und auf einmal macht's Schwupp und er rollt auf den Bauch. Und dieses Mal haben es Mama und Papa gesehen. Live und tagsüber. Er ist auf einem richtig guten Weg.

19. Juni

Der Schnupfen wird langsam besser und somit auch die Nächte. Auch bei Tamara löst sich das Ganze. Ich hoffe, die beiden haben es bald überstanden. Das größte Interesse, das unser Sohn derzeit hat, sind seine Füße. Wenn wir ihn hinsetzen, wundert er sich ein ums andere Mal, warum sich die zwei Dinger da unten bewegen, wenn er sich bewegt. Er versucht verzweifelt, eines der beiden Füßchen in den Mund zu stecken, ist dabei aber wenig entscheidungsfreudig. Leider hat er nun mal zwei Füße. Und darum rutscht ihm immer wieder zuerst der eine, dann der andere durch die Lappen. Blöd, wenn man so viele Füße hat.

20. Juni

Seine Lieblingsbeschäftigung ist es momentan, die Lippen fest zusammenzupressen und ein lautes „Pfffffcchhhh" mit dicken Spuckebläschen rauszulassen. Das macht er, wenn man ihn füttert, wenn man mit ihm spielt und wenn er mit sich selbst spricht. Aber er experimentiert sichtlich und hörbar mit Lauten. Wieder ein Schritt nach vorne.

23. Juni

Papa hat heute Geburtstag und der Sohn gratuliert, in dem er mich schon morgens anstrahlt, als gäbe es nichts Schöneres als morgens mit seinen Eltern zu spielen. Ich bekomme allerhand

Grillutensilien von Tamara und freue mich total darüber. Wenn man ihr eines lassen muss, dann, dass sie über Geschenke gut nachdenkt. Und so verbringen wir auch einen schönen Abend zusammen im Biergarten. Mit meinen Eltern, einem eher quäkenden Sohn und gutem Essen. Anschließend bringt meine Frau Michi ins Bett und wir sitzen noch ein bisschen auf unserer Terrasse. Das Leben ist schön.

25. Juni

Wir haben für Michael an unserem Kirschbaum im Garten eine Schaukel aufgebaut. Und außerdem einen aufblasbaren Pool mit Rutsche und allem Drum und Dran. Und das wurde heute alles ausprobiert. In der Schaukel hat er sich sofort superwohl gefühlt. Er liegt auf dem Rücken drin wie ein kleiner Genießer und entweder Mama oder Papa schaukeln den Kleinen hin und her. Gott sei Dank gibt es ein Handy und wir nehmen alles auf Video auf. Der Besuch im Pool wurde schwieriger. Ich schmiss auch die Badehose ran und testete das Wasser im geteilten Pool. Eine Seite tiefer und kälter, die andere seichter und wärmer. Wie zu erwarten, schlug beim Eintauchen von Sohnemanns Füßchen in die tiefe Seite die Stimmung sofort um und wir versuchten es in der wärmeren Seite. Ich hob ihn ins Wasser, setzte ihn an den Rand und mich gleich dazu. Wieder folgte das alte Ich-fass-meine-Füße-an-Spiel und schließlich landete der Mittagsbrei im Wasser. Was den Papa dazu bewog, sich und Sohnemann wieder aus dem Pool zu entfernen. Aber es werden ja noch viele Poolbesuche folgen. Hoffentlich ohne Bröckli ...

27. Juni

Nicht nur, dass er stundenlang irgendetwas erzählt, hält Michael mittlerweile auch nichts mehr davon ab, sich ununterbrochen auf den Bauch zu drehen. An sich eine tolle Sache, würde er zum einen deswegen nicht noch mehr von seinem Essen wieder ausspucken. Zum anderen hat er dann – auf dem Bauch liegend – keine Ahnung, wie es wieder zurück geht. Das ist echt herrlich anzusehen, denn nach anfänglicher Freude über die neue Lage wird ihm bald langweilig oder es ist ihm zu anstrengend. Und das lässt er uns durch laute Beschwerden auch wissen. Aber es geht voran. Wir sind sicher, bald krabbelt oder robbt er zumindest.

1. Juli

Das neueste Spielzeug unseres Sohnes ist seine Stimme. Er hat entdeckt, dass er damit richtig hohe Frequenzen rausfiepen kann. Und er macht das mit einer Freude, dass man einfach mitlachen und mitmachen muss, obwohl unsere Nachbarn – wir haben derzeit meist die Tür zur Terrasse offen – glauben müssen, wir quälen hier Meerschweinchen. So hört es sich zumindest an. Und wird nur unterbrochen von einem kräftigen „Brrrrfff", das Michi mit zusammengepressten Lippen macht und dabei sein näheres Umfeld einsaut.

2. Juli

Tamara ist heute mit ihren Studienkollegen ausgegangen und der Papa ist sozusagen Alleinversorger. Mit gebührendem Respekt, aber auch mit gelassener Routine – Tamara hat mich die ganze Woche üben lassen – füttere ich unseren Sohn, wechsle noch mal die Windeln, quetsche ihn in seinen Schlafsack und bringe ihn ins Bett. Nach ein paar Minuten ist alles vorbei: Sohn schläft, Papa bereitet sich auf das Viertelfinale Deutschland gegen Italien vor. Alles gut!

3. Juli

Obwohl ich nach unserem Sieg gegen Italien erst um eins ins Bett bin, stehe ich um fünf mit dem Kleinen auf und lass die Mama noch mal schlafen. Sie ist dann um kurz nach acht zu uns gestoßen. Was mich wundert, weil Michael wieder nach Herzenslust gefiept hat. Die Meerschweinchen werden weiter gequält. Jetzt kann ich mich auch noch eine Stunde hinlegen, bevor die ganze Familie zum Frühschoppen auf die Kirchweih in unserem Dorf wandert. Michi verschläft wieder mal die Hälfte, die andere Hälfte schaut er sich die ganzen Bier trinkenden Männer und Frauen im Zelt interessiert an. Und Mama und Papa können in Ruhe Brotzeit machen. Guter Bub!

5. Juli

Heute war mein letzter Arbeitstag für den Juli. Ich habe den Rest des Monats Erziehungsurlaub und freue mich schon sehr darauf. Am späten Nachmittag sind wir alle zusammen noch einmal auf das Volksfest gegangen, um es ein bisschen zu begießen. Michael war wie immer neugierig auf alles, was er so gesehen hat. Fremde Leute, fremde Umgebung, neue Geräusche. Es ist Wahnsinn, wie interessiert unser Kleiner an allem Neuen ist. Und Tamara hat auch ein paar andere junge Mütter getroffen und sich mit ihnen ausgetauscht. Der Papa hat dafür ein paar alte Kumpels getroffen und die ein oder andere Maß getrunken. Muss ja ein bisschen gefeiert werden. Ich bin dann auch noch geblieben, als meine beiden so gegen sieben heim sind.

7. Juli

Bei traumhaftem Wetter sind wir heute nach Kulmbach gefahren. Dort haben die Wirtsleute, bei denen wir auf einer Berghütte unsere Hochzeit gefeiert haben, nun einen großen Biergarten. Und dementsprechend hat sich Moni, die Wirtin, auch gefreut, als sie Tamara, meine Schwiegermutter und Michael gesehen hat. Denn sie wusste noch gar nicht, dass wir nun seit einem halben Jahr Mama und Papa sind. Als sie Michi auf den Arm genommen hat, mussten wir feststellen, dass wohl eine neue Phase angebrochen war. Denn unser Sohn beginnt nun zu fremdeln. Er fing sofort zu weinen an, hat sich aber genauso schnell wieder beruhigt, als er zurück in Mamas Armen war. Das ist das Tolle an unserem Sohn. Wir sind am Nachmittag wieder zurück nach Hause gefahren und saßen alle noch ein bisschen zusammen. Michael hat geschlafen, die Hitze macht ihm anscheinend doch ein bisschen zu schaffen. Aber das ist gar nicht so schlecht, denn so haben wir auch ein wenig Zeit für uns.

8. Juli

Tamara ist mit Michael in der Krabbelgruppe und ich mache mich daran, die Bäume in unserem Garten zurückzuschneiden. Bei der Hitze eine anstrengende Arbeit und so haben wir dann den Nachmittag gemeinsam ruhig angegangen, mit Michael gespielt und sonst relaxed. Abends ist nun immer seine Zeit, sich ununterbrochen vom Rücken auf den Bauch zu drehen. Dann ist er kurz glücklich, weiß aber noch nicht, wie es wieder zurück auf den Rücken geht. Und das geigt ihn gewaltig. Schön anzuhören, da er immer lauter motzt. Aber wir zeigen ihm, wie es gehen könnte. Ärmchen abstützen und zurückrollen. Aber das scheint noch zu dauern.

10. Juli

Unser Sohn scheint den nächsten großen Sprung anzupeilen. Laut den Büchern, die Tamara wälzt, versteht er nun Zusammenhänge noch besser. Und das spürt man auch. Wir haben einen Papagei aus Holz an der Decke hängen, an dem eine lange

Schnur festgebunden ist. Wenn ich ihm die Schnur in die Hand gebe und er daran zieht, schlagen die Flügel des Vogels. Und das scheint Michael so zu begeistern, dass er wie wild daran zieht. Teilweise so wild, dass wir Angst haben, er reißt die ganze Konstruktion runter. Aber man sieht genau, dass er weiß, was da vor sich geht. Fantastisch!

11. Juli

Michael schläft wieder schlechter ein, was wir darauf zurückführen, dass er eben den nächsten Schub bekommt und das Erlebte erst mal verarbeiten muss. Außerdem beginnt die Babbelphase. Neben „Wawawa" und „Rrrrhh" und seinem berühmten Fiepen doppelt er immer mehr Laute. Für ein Mama oder Papa langt es aber zu unserer Verzweiflung noch nicht ganz. Wie lang wird das wohl noch dauern?

12. Juli

Wir haben Michael auf dem Bauch vor seine Spielzeugkiste gelegt. Und er zieht sich tatsächlich daran hoch und nimmt sich selbstständig Spielsachen daraus. Einen kleinen Bären, einen Ball und was er sonst noch findet. Es ist Wahnsinn, wie es jetzt vorangeht. Da schaut man schon mal darüber hinweg, dass er jetzt auch wieder ein wenig anstrengender ist. Er will eben die Welt kennenlernen. Und wehe, wir langweilen ihn.

14. Juli

Wir haben von Tamaras Mutter ein Spielzeug mit vier Tasten geschenkt bekommen, von denen drei einen Ton und die vierte verschiedene Melodien wiedergibt, wenn man draufkommt. Und unser Sohn hat sich als musisches Talent gezeigt, denn erstens hat er das ganze Prinzip ruckzuck verstanden. Und zweitens hat ihm jeder getroffene Ton sofort ein breites Grinsen ins Gesicht gezaubert. Auch wir haben uns natürlich darüber gefreut. Am Abend, nachdem wir Michael ins Bett gebracht hatten, wurde es dann aber unheimlich. Das Teil, das wir wie die anderen Spielsachen zurück in die Spielzeugkiste gegeben hatten, machte in unregelmäßigen Abständen immer entweder einen der drei Töne – oder teils sogar zwei Töne hintereinander. Am Anfang fanden wir's lustig. Aber schließlich bin ich jedes Mal ziemlich erschrocken, als da unvermittelt ein Ton aus dem dunklen Wohnzimmer kam. Ich habe mir das Teil geschnappt und untersucht, aber einen Off-Schalter gab es nicht. Und das Batteriefach war zugeschraubt. Da ich zu faul war, in den Keller zu gehen und einen Schraubenzieher zu holen, entschloss ich mich, das leidige Ding anders außer Reichweite zu kriegen. Ich schlich mich aus dem Wohnzimmer auf den Flur, wo es noch mal losklimperte – aber niemand wachte auf – und legte es draußen vor unserer Haustür ab mit dem Plan, es am nächsten Morgen wieder reinzuholen, wenn es hoffentlich friedlich war. Zurück im Wohnzimmer legte ich mich noch einmal aufs Sofa und schaute meinen Film zu Ende. Ohne weitere Zwischenfälle.

16. Juli

Es ist schwer anzusehen – zumindest, ohne zu helfen – wie sich unser Kleiner abmüht, um irgendwie vorwärtszukommen. Das auf den Bauch rollen macht er mittlerweile ohne Probleme. Und seine dicken Ärmchen können auch den Oberkörper jetzt schon ganz nach oben strecken, wenn er etwas Interessantes sieht. Aber das Vorwärtskommen gelingt ihm einfach nicht. Da wird gewippt, gestöhnt und geschaukelt. Aber eben nicht nach vorne gerobbt. Doch heute sehen wir es wieder als einen kleinen Meilenstein an, dass Michael zwar nicht vorwärts, aber durch Schieben und Drücken rückwärts rutscht.

Allerdings muss es für ihn ganz schön frustrierend sein, denn wenn wir ihn vor sein Spielzeug legen und er näher ran will, rutscht er automatisch mit jeder Bewegung immer ein kleines Stückchen weiter weg statt näher ran. Aber immerhin – er muss nicht nur an Ort und Stelle ausharren, sondern kommt eigenständig vom Fleck. Und irgendwann schnackelt's bestimmt auch mit Vorwärtsrobben.

18. Juli

Es ist einfach göttlich mit anzusehen, wie unser Kind an einfach allem interessiert ist. Er schaut, er hört und er babbelt fast den ganzen Tag. Und da Kinder ja so am meisten lernen, sind wir tierisch stolz und Tamara ist auch beruhigt, dass es immer weiter vorangeht.

19. Juli

Heute haben wir einen Ausflug an den Fichtelsee gemacht. Außen ist es ziemlich heiß, aber der See liegt idyllisch im Wald und so war es angenehm auszuhalten. Den Kleinen in seinen Wagen gesetzt, haben wir den See einmal umrundet und uns drei dann mit einem Besuch in der Waldgaststätte belohnt. Wir haben einen tollen Platz gleich am See erwischt, mussten aber ziemlich lange auf unsere Getränke warten. Diese Zeit nutzte unser Junior, um ein ums andere Mal an der Tischdecke zu zerren, bis wir sie schließlich komplett entfernen mussten, um unser kühles Bier in Ruhe genießen zu können. Das Schöne daran: Wir haben einen richtig aktiven Sohn. Und deswegen liegt es uns auch fern, uns über wilde Fuchteleien mit seinen Ärmchen zu beschweren.

22. Juli

Wir genießen meine Elternzeit in vollen Zügen und so machten wir uns auch heute wieder auf den Weg in den Biergarten mit der ganzen Familie. Junior auf den Schoß gesetzt, ging es auch sofort los mit Biertischklopfen. Mit der Hand so fest wie möglich auf den Tisch zu klatschen scheint für ihn die größte Freude zu sein. Und nach zwei Bier für den Papa und einem kühlen Radler für die Mama ging's auf unserem traditionellen Schotterweg wieder nach Hause.

23. Juli

Unser Sohn isst jetzt regelmäßig Getreidebrei und auch Gläschen mit Obst und Gemüse. Die Konzentration beim Füttern lässt allerdings etwas zu wünschen übrig und treibt seine Mama regelmäßig in den Wahnsinn. Zwar sieht sein Gesicht nicht mehr aus wie ein Schlachtfeld – Übung macht den Meister. Aber oft interessiert ihn gerade beim Essen alles andere mehr als das Essen selbst und er schaut mal links, mal rechts, spielt mit seinen Füßchen oder fängt zu babbeln an. Aber irgendwie schafft Tamara es dann doch, dass er sein Schüsselchen so gut wie immer aufisst.

25. Juli

Ich habe Michael, um ihn bei Laune zu halten, vor Wochen ein paar Mal vorgegurgelt. Er hat darauf immer einen kleinen Lachanfall bekommen und so habe ich es natürlich wieder und wieder gemacht. Dafür musste ich mir jetzt einen kleinen Rüffel abholen, denn anstatt zu babbeln – was er ja schon getan hat – ist nun zu jeder Tages- und Nachtzeit Gurgeln angesagt. Gurgeln beim Spielen, Gurgeln beim Essen und sogar Gurgeln beim Schlafen. Ich lass das Vorgurgeln wohl jetzt erst mal, bevor ich weiteren Ärger bekomme.

27. Juli

Na, wer sagt's denn. Nach tagelangem Gurgeln quiekt unser Sohn nun wieder wie ein Meerschweinchen. Dann wird dazu noch ein paar Mal „Wawawa" gesagt und schon ist die Mama wieder zufrieden und ich natürlich auch. Mit der Fortbewegung dauert es unserer Meinung nach nicht mehr lange und der nächste Meilenstein steht an. Wir haben einen Spieleteppich für ihn gekauft. Drei mal zwei Meter groß in etwa. Also eine richtige Spielwiese für Michael. Natürlich hat es nur wenige Minuten gedauert, bis er sie auch entsprechend eingeweiht hat. Ein kurzer Spuck und schon waren die Spaghetti Carbonara auf dem guten Stück gelandet. Aber da haben wir uns eh keine Illusionen gemacht. Trotzdem, wenn die Spuckerei endlich irgendwann ein Ende findet, feiern wir sicherlich ein großes Fest.

29. Juli

Ich habe es nicht selbst gesehen, aber Michael hat heute auf seinem Spielteppich auf dem Bauch liegend gespielt und als ich wieder hingesehen habe, lag er plötzlich auf dem Rücken. Ich habe sofort meine Frau gerufen, aber der Kleine hat es leider nicht wiederholt. Vielleicht war es ja nur Zufall und wir müssen weiter warten. Denn es wäre schon für ihn und auch für uns eine Erleichterung, wenn er sich selbst wieder auf den Rücken drehen könnte. Denn so schnell er sich auf den Bauch dreht, so schnell wird er auch unzufrieden mit der Lage und so schnell quäkt er und hat schlechte Laune.

31. Juli

Er hat es getan. Und ich habe es gesehen. Ein paar Schwanker hin und her und er hat sich von selbst auf den Rücken gerollt. Tamara hatte es zwar nicht gesehen, aber nur eine Stunde später hat er es wieder gemacht. Und das mit voller Absicht; Zufall können wir, glaube ich, ausschließen. Einfach toll! Dazu kommt, dass er auf dem Bauch liegend richtiggehend rotiert auf dem Boden. Schaut man kurz nicht hin, liegt er auf einmal mit dem Köpfchen zu uns, eine Minute vorher war er noch ganz anders dagelegen. Nun sind wir sicher, dass es nicht mehr lang dauern kann, bis er auch vorwärts robbt.

2. August

Heute habe ich mit Michael wie so oft auf seinem Teppich gespielt, als er laut und deutlich „Burghart" gesagt hat. Ich habe keine Ahnung, wie er auf dieses Wort gekommen ist und was es wohl für ihn bedeutet, aber mich hat es fasziniert. Obwohl ich es sicher nie mehr aus seinem kleinen Babymund hören werde. Aber egal, einmal hat er's gesagt.

3. August

Dass Michael in einer Wachstumsphase ist, wissen wir. Obwohl wir gehofft hatten, dass es keine Auswirkungen hat. Aber das Einschlafen ist zurzeit nicht wirklich ein Vergnügen. Er brüllt wie am Spieß, immer kurz bevor es ihn dann reißt und er endlich schläft. Wahrscheinlich ist das so, weil er so viele neue Eindrücke auf einmal aufnehmen kann und Angst hat, diese wieder zu verlieren. Aber das ist eben nur unsere Interpretation. Vielleicht will er auch einfach nicht schlafen. Wir hoffen, es wird bald wieder besser. Denn auch die Nächte sind wieder wesentlich kürzer. Teils ist schon um fünf Uhr in der Früh Schluss mit Schlafen und Mama oder ich müssen dann raus und mit ihm spielen. Puuuhhh!

5. August

Um meinen Sohn gleich richtig zu polen, spiele ich ihm auf dem Handy regelmäßig alte Songs von AC/DC vor. Und freue mich mit ihm mit, denn es gefällt ihm augenscheinlich. Sicher wird er mal kein Schlagerfuzzie, sondern ein echter Rock'n Roller – wie der Papa.

7. August

Nach der Gurgelphase hören wir jetzt endlich wieder regelmäßig ein „Wawawa" oder wenn man genau hinhört, auch manchmal ein „Bababa", was ich als astreines „Papa" erkenne. Das lass ich mir auch nicht ausreden. Dass Michael so schlecht einschläft, könnte neben der Phase auch damit zusammenhängen, dass sein Zahnfleisch oben dort geschwollen ist, wo später mal die Eckzähne sein sollen. Ich hoffe, dass es so passiert, dass er tatsächlich zuerst seine Eckzähnchen bekommt. Sicher ein Bild für Götter und ein Spaß für jeden Vampirfan.

9. August

Unser Sohn hat ein neues Faible. Er macht den Mund immer wieder auf und zu und macht dazu ein leises „babb, babb, babb" mit jedem Mal schließen und öffnen. Es sieht ziemlich schräg aus. Wie ein alter Opa, der keine Zähne mehr hat und nach Luft schnappt. Gott sei Dank wissen wir, dass er am anderen Ende des Lebens steht und das mit den Zähnen sicherlich in den nächsten Monaten kommen wird. Auch darauf freuen wir uns schon, obwohl noch ein paar schlaflose Nächte zwischen heute und einem vollständigen Gebiss stehen.

11. August

Wenn meine Frau Michael die Flasche gibt, klammert er sich regelmäßig an ihren Haaren fest. Da unser Zwerg schon richtig Kraft hat, reißt er bei solchen Aktionen öfter das ein oder andere Haar mit aus. Das hat jetzt auch sichtbare Auswirkungen. Denn meine Frau hat eigentlich Haare, die gleichlang sind. Also vorne fast so lang wie an der Seite oder hinten. Aber nun nicht mehr. Denn über der Stirn wachsen ihr nun lauter kurze dunkle Haare nach. Sozusagen ein Mini-Pony. Was ziemlich lustig aussieht. Aber vielleicht setzt sie damit ja einen Modetrend. Zweifel daran bestehen leider. Unserem Sohn ist es wurscht, er zerrt fröhlich weiter – wenn er ein Büschel erwischt.

12. August

Wir sind einfach nur glücklich. Besonders meine Frau, die vor lauter Freude heute Tränen in den Augen hatte. Wir waren am Nachmittag in einem schönen Biergarten. Eigentlich war es nicht besonders warm, aber Tamara hat eigentlich immer Angst, dass unser Sohn zu wenig Flüssigkeit bekommt. So versuchen wir seit Wochen, den Kleinen irgendwie zum Trinken zu bekommen. Ob Trinkbecher, Flasche mit Trinkaufsatz oder normales Fläschchen mit Nuckel oben dran. Außer drauf herumkauen war bisher nichts zu machen. So habe ich auch heute einen sporadischen Versuch gestartet und ihm ein Fläschchen mit Birne-Traube-Saft in den Mund gesteckt und ihn drauf herumkauen lassen. Aber plötzlich hat es in der Flasche geblubbert. Und das tut es nur, wenn er auch trinkt. Es blieb auch nicht bei ein paar kleinen Schlückchen. Nein, er hat die ganzen 160 Milliliter komplett ausgetrunken. Uns fiel ein Stein vom Herzen. Endlich trinkt unser Kind!

Doch damit nicht genug. Anscheinend war das sein Tag und er hatte sich wohl vorgenommen, seiner Mutter eine besondere Freude zu machen. Denn aus einem „Bababa" oder „Wawawa" wurde heute ein glasklares „Mama". Auch kein „Mamama" oder ein „Ma". Es war ein „Mama". Er hat es auch noch ein paar Mal wiederholt – für seine Mama, die, wie gesagt, vor Glück den Tränen nah war.

13. August

Es gibt Auf und Abs. Heute musste ich feststellen, dass es nicht immer so glatt läuft. Meine Frau hatte sich heute vorgenommen, nach langer Zeit auch mal wieder fortzugehen, und ich war mit Babydienst dran. So weit, so gut. Ich hatte Michael ja schon oft zu Bett gebracht und es ist auch kein großer Akt: sich neben ihn hinlegen, vielleicht noch das Händchen halten und dann einfach warten, bis er schläft. Babyphon an, und ab und zu mal draufgucken. So war es geplant. Aber kaum war Tamara aus dem Haus, schlug unser Sohn Alarm. Er schrie wie wild und ich stürzte nach hinten ins Schlafzimmer. Leises „Pschhhh" konnte ihn nicht im Geringsten beruhigen und so blieb mir nichts anderes übrig als ihn aus seinem Bettchen zu nehmen und herumzutragen.

Panisch rief ich meine Frau an, um nach Rat zu fragen. Denn nach relativ ruhigen letzten Nächten hatte ich keine Erklärung, was da los war. Der Zwerg schrie unterdessen munter weiter und bei mir bildeten sich erste Schweißtropfen auf der Stirn. „Mach ihm doch ein kleines Fläschchen", war Tamaras Rat. Ich machte ihm ein großes – und er trank es fast vollständig aus. Hunger war es also, dachte ich und trug ihn wieder in sein Bettchen, wo er ohne Verzögerung sofort wieder zu Schreien anfing, als ich ihn hinlegte. Also wieder raus und Windelkontrolle. Doch auch das war nicht der Fehler. Windel trocken, Papa nassgeschwitzt. Weiter ins Wohnzimmer und zehn Minuten Fernsehen geschaut. Ich hoffte, ihn so beruhigen zu können. Aber im Bett angekommen, fing dasselbe Spielchen von vorne an. Erste Verzweiflung machte sich breit und der Weg führte mich zurück ins Wohnzimmer, wo ich unseren Zwerg eine halbe Stunde herumtrug, bis er einigermaßen ruhig war und endlich die Augen schloss. Nun musste ich ihn nur noch in sein Bettchen bekommen, ohne dass er wieder aufwachte. Das machte mir Angst. Als ich mich zentimeterweise in Richtung Matratze bewegte, fing ich leicht an zu zittern. „Oh Gott, bitte nicht", dachte ich bei mir und war an der Matratze angekommen. Jetzt nur noch das Köpfchen und dann hätte ich es geschafft. In Zeitlupe legte ich die letzten Zentimeter zurück und legte ihn sanft ab. Dann ging ich rückwärts aus dem dunklen Zimmer, immer mit dem Gedanken, nur nirgends anzuecken und keinerlei Lärm zu machen. Die Tür schloss sich. Ich kontrollierte vorne im Wohnzimmer noch einmal das Babyphon. Alles ruhig. Es war geschafft. Eine Nachricht noch an Tamara. Ein Lob zurück. Es war geschafft! Ich war erledigt, aber glücklich und nur Minuten später auf der Terrasse mit einem Glas Wein. Das hatte ich mir auch redlich verdient.

14. August

Der Tag verlief, als ob nichts gewesen wäre. Abends brachte meine Frau Michael ins Bett und er schlief sofort und ohne Plärren und Quäken ein. Es ist wie verhext. Aber das scheint eine Prüfung für mich zu sein. Immerhin habe ich sie ja bestanden.

15. August

Egal ob sie im Raum ist. Egal ob meine Frau auf den Kleinen aufpasst oder ich alleine mit ihm bin. Es gibt nichts mehr außer „Mama". Auch wenn ich meinem Sohn verzweifelt klarzumachen versuche, dass ich doch der Papa bin. Was folgt, ist „Mama". Ich bin schon am Überlegen, ob ich mir nicht ein T-Shirt machen soll, auf dem steht: „Ich bin auch deine Mama!" Mal sehen, ob er irgendwann mal wieder ein leises „Baba" für mich hat.

17. August

Heute war unser Sohn mit seiner Mama und noch zwei anderen kleinen Kindern im Zoo. Als Tamara mit ihm heimkam, wurde mir ausführlich über den Tag berichtet. Dass ihn die Giraffen, Affen und Löwen nicht im Geringsten interessiert haben. „Waren einfach zu weit weg", hat meine Frau erzählt. Das Schöne an diesem Tag war aber die Geburtstagsfeier unseres Dorfbräus. Denn als wir uns spätnachmittags auf den Weg in den Brauereihof machten, der mit Biergarnituren eingetischt war, kam heraus, dass unser Junior ein echter Bayer ist. In Stofflederhosen und mit Lausbub-T-Shirt ausgestattet, haben wir erst mal eine zünftige Brotzeit gemacht. Als dann, der Bräu wurde 60 Jahre, zwei Spielmannszüge in den Hof einliefen, war er fasziniert von den Männern und Frauen mit Trommeln und Trompeten. Am liebsten hätte er dazu noch von Papas Bier getrunken. Aber da muss er wohl noch ein bisschen warten.

19. August

Heute gilt es, mal wieder über ein kleines sprachliches Highlight zu berichten. Als seine Mama nämlich wieder mal über Gott und die Welt erzählte, hörten wir als Kommentar ein deutliches „Weiwer". Anscheinend ist er schon ein kleiner Mann und zu viel reden wird bei ihm abgestraft mit gehässigen Bonmots.

21. August

Er rollt und rollt und macht dabei richtig Strecke. Kurz nicht hingesehen, haben wir Michael, den wir nahe der Heizung abgelegt haben, bei unserer Terrassentür wieder aufgefunden. Das Vorwärts-Krabbeln klappt noch nicht, was ihn aber nicht davon abhält, das komplette Wohnzimmer als rollendes Kerlchen zu durchqueren. Meine Frau hat daraufhin auch unsere Vorhänge hochgebunden. Die Zeiten, in denen irgendetwas sicher vor dem kleinen Rock 'n Roller war, sind nun endgültig vorbei.

22. August

Als ich Michael heute hochgehoben und liegend auf meinem Bauch balanciert habe, habe ich ihn gefragt, wie er Stehen wohl finden würde. Sicher, man bildet sich das oft ein, aber andererseits war ein leises „Super" deutlich zu hören. Und das war einfach super!

23. August

Heute sind Uropa und Uroma zu Besuch gekommen. Wir waren anfangs skeptisch, denn als meine Frau nach dem Duschen mit einem als Turban zusammengerollten Handtuch auf dem Kopf ins Wohnzimmer kam, gab es zuerst einen misstrauischen Blick und anschließend wurde lauthals gebrüllt und geweint. Erst als Tamara das fremdartige Ding vom Kopf nahm, erkannte Junior seine Mama und die Stimmungslage hellte sich wieder auf. Auch als dann die Uroma kam und ihn auf den Arm nehmen wollte, wurde dies mit lautem Weinen honoriert. Erst nach minutenlangem Zureden und „Du du du", oder „Bubele" – seine Uroma ist Schwäbin – wurde es besser. Nachher durfte sie Michi sogar füttern. Das lief dann erstaunlich harmonisch und ohne Mosern ab. Zu guter Letzt legte er für seine Urgroßeltern noch eine komplette Show hin. Mit Gebabbel, Lachen und Rumrollen. Meine Frau war erleichtert und stolz. Das Fremdeln scheint nur immer kurz anzuhalten. Ich hoffe, er sperrt später Einbrechern nicht auch noch die Tür auf, nachdem sie sich mit ihm angefreundet haben.

25. August

Ich habe ein kleines schwarzes Büchlein, in das ich immer wieder Stichworte für dieses Tagebuch hineinschreibe. Auf der Couch sitzend habe ich das heute Nachmittag auch wieder getan. Allerdings nicht, ohne Juniors ganze Aufmerksamkeit auf meine Tätigkeit zu ziehen. Sofort rollte er an meine Seite und beobachtete jeden Strich, den ich auf die Seite kritzelte. Dabei wollte er unbedingt auch den grünen Stift haben, den ich für diese wundersame Arbeit benutzte. Vielleicht wird er ja auch ein Schreiberling? Wäre mir recht, denke ich und klappe das Büchlein zusammen.

26. August

Michael bekommt von seiner Mama, wenn wir Essen oder unterwegs sind, jetzt öfter eine Heidelbeer-Reiswaffel. Ich glaube, die probiere ich auch mal, wenn ich schlecht drauf bin. Denn was der Kleine im Anschluss oft für eine Show hinlegt, erinnert doch stark an einen Trip auf Ecstasy. Vollkommen aufgedreht rollt er herum, babbelt ohne Ende und lacht über jeden Blödsinn, den seine Eltern fabrizieren. Ich frage mich, ob Heidelbeere wohl diese Wirkung auf Babys hat.

27. August

Michael versucht mit eisernem Willen, irgendwie nach vorne zu krabbeln beziehungsweise zu robben. Aber noch klappt es nicht ganz. Und das macht ihn auf bayrisch ausgedrückt „narrisch". Das lässt er uns mit lautem Gestöhne und Gequäke auch spüren. Wir heben ihm deshalb ab und zu die Hüften ein bisschen nach oben an. Und dann fällt er kopfüber nach vorne, da er sich mit seinen Ärmchen zwar hochstützt, aber sie nicht eins vor das andere setzt, sondern stock und steif am Fleck behält.

Irgendwann fällt der Groschen, da sind wir sicher. Und dann wird's erst richtig turbulent in unserem Häuschen.

In der Nacht schläft er jetzt eigentlich wieder ganz gut durch. Nur heute Nacht hat er kurz Lärm gemacht. Sich hin- und hergerollt und gejapst. Ein kurzes „Ach, hör doch auf mit dem Quatsch" von meiner Frau hat ihn dann aber umgehend zu sofortiger Ruhe gebracht. Dass sie das im Schlaf gesagt und am nächsten Morgen gar nichts davon gewusst hat, macht es umso besser. Ich habe nachts noch Minuten drüber schmunzeln müssen.

28. August

Wir zeigen unserem Sohn, wenn wir ein paar Meter entfernt sind, wie zum Beispiel in der Küche, wo er uns aber auch sehen kann, mit einem kurzen Winken, dass wir da sind und er sich keine Sorgen machen muss. Das klappte auch immer super und er war schnell wieder beruhigt, wenn er merkte, dass er Aufmerksamkeit bekam. Doch seit heute winkt er tatsächlich zurück. Wir sind total fasziniert und diese Begebenheit wurde natürlich sofort an sämtliche Omas und Opas weitergegeben. Ein Zufall kann das nicht sein, denn er macht das als direkte Reaktion, wenn wir winken und dazu ein „Winke, winke" von uns geben. Unser Sohn wird erwachsen und ist ein freundliches Kerlchen.

30. August

Unser Sohn hat ein neues Spielzeug gefunden. Unseren Unterarm. Mit unglaublicher Freude nimmt er unsere Extremitäten, um anzudocken und sie mit seinen Lippen als Furzkissen zu missbrauchen. Meine Frau ist dort anscheinend besonders kitzelig. Denn sie jauchzt und kirrt, wenn Michael dort sein „Pffffrr..." rauslässt. Er hat ja auch sonst schon alles, was ihm vor die Nase gekommen ist, in den Mund genommen. Aber dass er uns dafür hernimmt, ist neu.

31. August

Heute konnte ich mich vor Lachen fast nicht mehr einkriegen. Unseren Kleinen hatten wir wie immer auf seinem Spielteppich platziert, als er wieder ein bisschen zu quengeln anfing. Ein deutliches Zeichen dafür, dass es langsam Zeit fürs Bettchen ist. Souverän sagte meine Frau: „Jetzt machen wir Dir eine frische Windel und danach kriegst Du noch ein Fläschchen Müüüülch!" Ja, so ungefähr hatte sie es betont. Und Junior dabei mit Schwung hochgenommen. Und genau beim Wort Müüülch ist es passiert. Er hat Tamara aus vollem Hals mit seinem Mittagessen vollgekotzt. Spaghetti Bolognese aus dem Gläschen. Schön orange und stückig. Und die Ladung traf sie beim Hochschwingen mitten ins Gesicht. Die volle Ladung. Ich lag daneben und konnte nicht mehr vor Lachen. Ich brauchte daher auch einen Moment, um mit dem Spucktuch die Misere wegzuwischen. Sie wird wohl so schnell nicht mehr „Müüülch" sagen. Aber lange dran denken.

1. September

Heute waren wir mit Michael bei einer Osteopathin. Wegen seines Köpfchens, dass ein wenig asymmetrisch beziehungsweise schiefgelegen ist. Meine Frau hat sich deswegen große Vorwürfe gemacht, obwohl das vollkommen unbegründet ist. Denn bei einer der U-Untersuchungen hat der Kinderarzt gesagt, dass sich das wieder verwachsen würde. Darauf haben wir uns verlassen. Auch die Osteopathin hat uns da beruhigen können. Der Hinterkopf sei zwar nicht komplett symmetrisch, aber irgendwelche Auswirkungen deswegen seien nicht zu erwarten. Wichtiger war ihr die Kontrolle des Beckens, das auf der einen Seite leicht verspannt war. Auch einen Wirbel hat sie weich massiert und zur Kontrolle haben wir in den nächsten Wochen noch einen Folgetermin bekommen. Köpfe sind nun mal nicht alle gleich. Unser Kleiner hat halt einen Charakterkopf. Und wenn er mehr Haare hat, ist davon sowieso nichts mehr zu sehen. Sie hat uns auch gesagt, dass er wohl die nächsten beiden Wochen das Krabbeln oder Robben anfangen würde.

2. September

Er rollt und rollt und rollt. Und rollt unter seine Wiege. Die ist wirklich schwer, aber das ist Michi egal. Anstatt sich irgendwie durchzuquetschen, wird einfach mit der gesamten Wiege weitergerollt. Der Kleine ist wirklich in einen Zaubertrank gefallen. Kraft hat er auf alle Fälle. Als ich ihn heute Morgen hochgenommen habe, hat er wie immer in meinen Finger gebissen. Und jetzt kann man das auch so nennen. Denn es spitzt etwas Weißes aus seinem Unterkiefer. Das erste Zähnchen kommt. Daher auch die eher ungewohnt unruhigen Nächte, wussten wir sofort zu folgern. Ein Meilenstein. Wir sind gespannt, wann die nächsten folgen.

3. September

Wir liegen mit dem Kleinen noch im Bett, als er sich wieder auf den Bauch dreht und sich nun mit den Armen nach vorne zieht. Mit Unterstützung der Beinchen, die er zwar etwas ungelenk, aber im Grunde robbend mit einsetzt. Die Osteopathin hatte wohl eine Glaskugel. Oder es war tatsächlich an der Verspannung in der Hüfte gelegen. Egal, auf jeden Fall sind wir glücklich. Und meine Frau untersucht unseren Sohn gefühlt alle fünf Minuten, um zu sehen, wie weit das Zähnchen ist. Am selben Tag komme ich ins Wohnzimmer, als Tamara neben unserem Sohn kniet und Tränen in den Augen hat. Denn er war – wenn auch nur ein kurzes Stück – auch auf seinem Teppich gerobbt.

Am Nachmittag waren wir mit Schwiegermama, ihrem Freund und Michael auf einem Fest in der Gegend. Leider ist er fast wie erwartet nicht eingeschlafen, dort gab es einfach zu viel zu sehen. Aber als Moz, so heißt der Freund, ihn hochgenommen hat und eine kleine Bierhymne vortrug, war unser Sohn wie hypnotisiert. Starr wie ein Stock sah er Moz an und hörte dem sonorigen „Beia, Beia, Beia" zu, ohne sich zu bewegen. Oh weh, da kommt was auf uns zu, wenn er jetzt schon so fasziniert von dem bayerischen Lebensmittel schlechthin ist, denke ich mir und trinke von meinem Weizen.

4. September

Am Nachmittag sind Oma und Opa vorbeigekommen. Und es geschah ein kleines Wunder. Ohne dass wir ihn aufgefordert hätten, packte sich mein Vater – der mich in dem Alter übrigens nie hochgenommen hatte – ein Herz und unseren Sohn und hob ihn zu sich hoch. Was Tamara, die mich erstaunt ansah, sofort dazu animierte, zahlreiche Fotos davon zu schießen. Der kleine Michael scheint wirklich der absolute Liebling des großen Michaels zu sein. Lieber spät als nie, denke ich zufrieden.

An diesem Tag waren wir alle irgendwie wie benommen und haben eigentlich auch jede Gelegenheit genutzt, auch tagsüber zu schlafen. Als Tamara den Kleinen in seiner Wiege füttert, bestätigt sie das auf ihre unvergleichliche Weise: „Ja, wir sind heute alle Matsch. Papa, Du, ich und Mama!" Wir waren halt nur zu dritt, aber so ist sie, meine Frau. Als Krönung hat sie unseren Sohn noch mit einem großen Ruck nach dem Essen aus der Wiege geschwungen. Und prompt hat sie wieder die volle Ladung über ihren Pulli abbekommen. Man sollte eine Flasche, die voll ist und keinen Deckel drauf hat, eben nicht hochschmeißen. Nix gelernt, die Mama.

5. September

Als wir nach dem Stand seines ersten Zähnchens schauen, fällt uns beziehungsweise meiner Frau sofort auf, dass das zweite auch am Durchbrechen ist. Sieht eh besser aus, nicht wie ein Einzahnhamster. Unser Sohn entdeckt wieder mehr seine sprachliche Fortentwicklung. Jedes Mal, wenn ich ihn mir auf den Schoß setze und zu hoppeln beginne, fängt er an zu babbeln. Und er freut sich, dass aus einem monotonen „Aaaahhhh" dann ein „Aaahiiiaaahiiaaahhiaaahh" wird. Er hört auch sofort wieder auf, wenn ich aufhöre, und fängt wieder an, wenn das Hoppeln weitergeht. Man kann also durchaus von Absicht sprechen. Er weiß, was er tut. Das freut uns natürlich tierisch.

7. September

Das Robben überholt langsam, aber sicher das Rollen. Oder sagen wir so: Wenn es um kurze Distanzen geht – wir legen ihm ein Spielzeug etwa einen Meter vor ihm hin – dann beginnt er drauflos zu robben. Will er aber vom einen Eck des Zimmers ins andere, dann rollt er lieber. Wir sind gespannt, ob er das so beibehält oder irgendwann nur noch robbt. Das Mädchen einer Freundin meiner Frau – sie ist jetzt 14 Monate alt – hat dieses Prinzip beibehalten. Aber egal wie, er hat jetzt schon zwei Möglichkeiten, voranzukommen.

9. September

Heute habe ich ein Foto von meinem Zeigefinger gemacht. Ds hat natürlich auch seinen Grund. Denn unser Knabe hat ja mittlerweile zwei Zähnchen unten, mit denen er auch schon kräftig zubeißen kann. Und so hatte ich einen astreinen Zahnabdruck am Finger nach seiner kleinen Bissattacke, was ich natürlich sofort festhalten musste. Wir sind gespannt, wann die oberen Eckzähne so weit sind.

10. September

Michael zeigt soziale Kompetenzen. Also, falls man das so nennen kann. Er hat einen Doppelbeißring, der aussieht wie eine kleine Acht. Und als ich heute mit ihm gespielt habe, hat es sich ergeben, dass ich ihm vorgemacht habe, wie man da drauf beißt. Wir haben uns Face-to-Face gegenüber hingelegt und ich habe auf die eine Seite der Acht gebissen, worauf er sich den Ring geschnappt hat und auf die andere Seite gebissen hat. Er hat mir anschließend den Ring hingehalten. Also war ich wieder dran und habe auf die andere Seite gebissen. Und so ging das etwa zehn Mal hin und her. Und er hat sich jedes Mal gefreut, als er mir meine Seite des Ringes angeboten hat. Schön, unser Sohn lernt zu teilen.

11. September

Wir haben eine ziemlich Horrornacht hinter uns und ich wäre fast um zwei Uhr nachts mit ihm aufgestanden, hätte Tamara nicht gesagt, dass das ja überhaupt nicht in Frage kommen würde: „Nachts wird geschlafen und basta!" Sie hat sicher recht. Es hat zwar noch eine gute halbe Stunde gedauert, bis er keinen Terz mehr gemacht hat und wieder eingeschlafen ist, aber er muss das einfach lernen, dass mitten in der Nacht nicht die Zeit für Ausflüge ist. Trotzdem haben wir nicht mehr viel Schlaf abbekommen und dementsprechend gerädert bin ich dann früh – es war meine Frühschicht – mit ihm aufgestanden. Vor einem ersten Kaffee war auch nichts zu machen. Gott sei Dank liegt er am Anfang relativ faul rum und babbelt nur ab und zu. Dann Windel wechseln, anschließend füttern. Dann stinkern und gleich noch mal frische Windeln. So ist es leider derzeit. Aber dafür gab es wieder was Neues. Ich habe ihn vor mich hingesetzt – sitzen kann er mittlerweile super, man muss nur beim nach hinten Kippen ein bisschen aufpassen. Aber er beugt sich meistens sowieso zu seinen Füßchen runter. So auch dieses Mal. Ein kurzer Klapper nach links und schon hat er sich selbstständig in den Krabbelmodus gedreht. Ich freue mich schon, wenn er richtig sitzen kann. Denn dann können wir unseren Kleinen zum Essen in den Hochstuhl setzen. Auch die Zeit, wo ich meinen Sohn endlich in eine Kraxe setzen und mit ihm die Bergwelt erkunden kann, ist nicht mehr ganz so weit weg.

13. September

Manchmal will man einfach etwas hören, was ein kleines Baby eigentlich gar nicht sagen kann. Aber trotzdem ist es heute passiert, als unser Sohn fröhlich „ja, der Papa …" trällerte. Eltern reagieren da mit Euphorie und der Hoffnung, dass der gesagte Satz auch so gemeint war. Das war er natürlich. So zumindest unsere Überzeugung.

14. September

Es ist für diese Jahreszeit immer noch fantastisches Wetter und so können wir auch noch unsere Schaukel nutzen, die wir im Garten an dem halb abgesägten Stamm eines Kirschbaums befestigt hatten. Das haben wir früher schon, aber jetzt müssen wir noch mehr aufpassen als vor zwei, drei Monaten. Denn anders als damals ist unser Junior nun erstens wesentlich schneller und zweitens bewegungsfähiger. Heißt, er dreht sich auch schon mal, während ihn die Schaukel mit einem flotten Auf und Ab durch die Lüfte katapultiert. Meine Frau ist da besonders vorsichtig. Vielleicht auch gut so, denn wie Väter eben so sind, denken die meisten: „Das ist mein Bub, der kriegt das schon hin!" Ist ein bisschen Vaterstolz dabei. Aber der Mutterinstinkt ist als Gegenstück dazu sicherlich hilfreich. Nichtsdestotrotz macht es ihm einen Heidenspaß und es ist immer wieder ein gutes Mittel, gerade die letzte schwierige Stunde vor dem Bettchen-Gehen noch rumzukriegen und einigermaßen harmonisch zu gestalten.

15. September

Heute wollten wir bei wunderschönem Wetter um den Wei-
ßenstädter See laufen. Also wurde der Kleine eingepackt und
mit dem Auto ging es zum Seerestaurant, wo Mama und Papa
erst mal gemütlich essen wollten. Unser Junior hat derzeit einen neuen Tick. Er meckert wie eine Ziege. Und das ständig.
Ich vermute, er macht das hexenartige Gekicher seines Plüsch-
bären Nino nach, der je nachdem, ob man auf die Hand drückt
oder das Bein zwickt, mit seltsamen Kommentaren oder eben
diesem dämlichen Gekicher reagiert. Mein Freund wird der
wahrscheinlich nicht mehr. Aber wenn es Michael gefällt, soll
es mir recht sein. Auf jeden Fall „zickte" er den kompletten
Essensgang, war aber ansonsten recht umgänglich. Nur gegen
Ende musste ich Tamara den Geldbeutel überlassen und bin
mit Junior schon mal aus dem Biergarten auf unsere Laufstre-
cke vorgefahren. Leider schläft Michi nur sehr ungern in seinem Buggy ein. Und so mussten wir nach etwa hundert Metern
aufgeben und unsere Pläne einer Seeumrundung genauso wie
unseren Sohn einpacken und uns mit dem Auto auf den Heimweg machen. Bei 30 Grad und Sonnenschein. Nach etwa zehn
Sekunden Fahrt hat er dann geschlafen. Doch für ein Zurück
war es zu spät. Und so haben wir dem See noch einmal weh-
mütig durch die Scheiben unseres Autos nachgeblickt und sind
nach Hause getuckelt.

16. September

Oma und Opa waren zu Besuch und es ist etwas ganz Schönes
passiert. Oma hat den kleinen Michael auf dem Schoß gehabt
und der Opa hat sich immer wieder an Oma angelehnt. Nach
zwei drei Mal haben Opa-Michael und Enkel-Michael sich abwechselnd an Oma angelehnt. Einmal der Opa, das nächste Mal
der Zwerg. Oma hat's genossen. Es ist einfach schön, dass er sie
jetzt auch so gut kennt und als Familie akzeptiert.

17. September

Pünktlich wie im Buch meiner Frau angekündigt, tritt Junior nun in die nächste Phase ein. Das macht sich derart bemerkbar, dass er sich keine zehn Sekunden allein beschäftigen will und sofort damit beginnt, sich zu beschweren, ist man nur fünf Meter entfernt und versucht verzweifelt, etwas im Haushalt zu erledigen. Verzweiflung! Das Wort trifft es am besten. Denn so fordernd war er noch nie und so anstrengend für uns war es auch noch nie. Außerdem kündigt er sein Müdewerden nicht mehr wie bisher mit Augenreiben an, sondern wir müssen uns auf die Eltern-Glaskugel verlassen. Doch die ist leider sehr unzuverlässig. Und bei Falschliegen folgt sofort die Bestrafung durch lautes Geschrei und unleidiges Getue unseres Sohnes. Das ist der Beginn dieser Phase. Und wir sind gespannt, wann das Ende wohl kommt. Hoffentlich eher, als in dem allwissenden Buch steht, das uns eine Leidenszeit von bis zu vier Wochen voraussagt.

18. September

Dasselbe Spielchen. Ich hatte heute Frühdienst. Kurz nach fünf aufstehen, den Kleinen leise aus dem Bett hieven und dann auf ins Wohnzimmer. Heute hat er mich nicht mal zuerst Windeln wechseln lassen, sondern hat den Tag gleich mit lautem Geschrei gestartet. Also: Zuerst Fläschchen gemacht, dann gefüttert, dann Windeln gewechselt, dann kleines Poppelchen reingemacht, dann noch mal Windeln gewechselt, dann auf jeden freien Fleck am Boden den Inhalt des Fläschchens wieder rausgekotzt und dann wieder unleidiges Gehabe. Es war jetzt 5.50 Uhr. Ich beziehungsweise wir konnten uns auf einen schönen Sonntag freuen. Wir haben heute aber jede Schicht, in der der Kleine müde war, genutzt und uns auch wieder mit hingelegt. Nur so schienen wir diesen Tag zu überstehen. Wir haben auch alle möglichen Verwandten eingeladen, um unseren Terrorzwerg zumindest zeitweise abzulenken. Auftrag geglückt und

Tag gemeistert. Auf den nächsten, Prost! Ach ja, auf einem Basar haben wir Michael Spielzeug gekauft. Wir haben vor, ihm jeden Tag ein neues Teil davon zu präsentieren. Vielleicht können wir so seine Begeisterung für ein paar Minütchen hervorzaubern. Die Hoffnung stirbt zuletzt.

20. September

Unser Sohn spielt das „Geben-und-Nehmen-Spiel" jetzt auch mit der Mama. Meistens interessieren ihn ja genau die Sachen, von denen man es nicht erwartet. So auch heute. Eine Packung Taschentücher, die herrlich knistert und somit interessanter ist als all seine Spielsachen, reicht er jetzt Tamara immer wieder, um auch damit zu spielen. Wie bei mir will er das abwechselnd. Er wird ein richtiges kleines Menschlein und das freut uns total. Außerdem hat er von uns einen Kreisel bekommen, der Musik macht, wenn man einen Hebel schnell runterdrückt. Er hat das auch sofort verstanden und versucht immer wieder, wie Mama und Papa, dem seltsamen Ding Musik zu entlocken. Ein bisschen blöd nur, dass man den Hebel recht schnell und mit Schwung herunterdrücken muss. Aber mit Unterstützung – wir drücken eben auf sein Händchen mit – klappt das wunderbar und er freut sich wie ein kleines Schnitzel, als er die Reggae-Laute vernimmt.

21. September

Wir waren heute erneut bei der Physiotherapeutin und sie war mit Michaels Entwicklung seit dem letzten Mal sehr zufrieden. Die Hüfte ist noch nicht ganz locker, aber das Köpfchen ist super und auch die Symmetrie bei Augen und Nase passt nun. Erleichterung bei beiden Eltern! Und am Nachmittag hat er tatsächlich schon mehrmals versucht, in den Vierfüßler-Stand zu kommen. Es ist erstaunlich, wie schnell er auf die Therapie reagiert. Aus Robben wird nun sicherlich die nächsten Wochen Krabbeln. Er ist voll im Plan, wenn es so etwas gibt. Natürlich sind auch wir super-zufrieden mit unserem Kleinen und freuen uns auf die nächsten Fortschritte.

22. September

Manchmal bringt meine Frau die seltsamsten Wortschöpfungen. So auch heute: „Hast Du nicht schlecht gezahnarztdoktert", sagte sie bei Füttern. Wir wussten wohl alle nicht, was sie damit meinte. Auch sie selbst nicht, was ein Riesengelächter auslöste. Aber vielleicht war es deswegen, weil Junior nun mit seinen beiden unteren Zähnchen – sobald er Gelegenheit bekommt – herzhaft in Mamas und Papas Unterarme und Finger beißt. Und mittlerweile hinterlässt das auch kleine, aber feine Abdrücke wie bei einem Mini-Vampir. Lang werden wir wohl bei diesen Attacken unseres Sohnes nicht mehr schmerzfrei davonkommen.

24. September

Oma hat einen etwa zwei Meter langen Tunnel aus ausklappbarem dicken Papier mitgebracht, der sofort Michaels Nummer Eins war. Mama am einen Ende, Michi am anderen. Als er das lächelnde Gesicht seiner Mutter am anderen Ende des langen Schlauchs erspäht hatte, ging es, ohne lang zu überlegen, unverzüglich auf den Weg durch die gelb-schwarz gestreifte Höhle. Begleitet durch lautes Juchzen robbte er zielstrebig auf Mama zu und schon kurz darauf hat ihn seine Mutter wieder in die Arme schließen können. Das Ganze ging ein paar Mal hin und her und machte allen einen Heidenspaß. Junior geht jetzt immer öfter auf Entdeckungsreise. Ob im gesamten Wohnzimmer oder auch mal bis in die Küche daneben. Christoph Kolumbus lässt grüßen. Allerdings merken wir, dass nun nichts, aber auch gar nichts mehr sicher vor seinem Entdeckertrieb ist. Aber das ist nur ein kleiner Nachteil, der von unserer Freude darüber bei Weitem übertroffen wird.

25. September

Es ist für uns Erwachsene ein bisschen eklig, was Junior gerade veranstaltet. Wie bisher spuckt Michael immer noch viel von seinem Essen raus. Allerdings mittlerweile fast lautlos. Und so bekommen wir es oft gar nicht mit und bemerken es erst, wenn wir leise Schlabbergeräusche hören und Junior sein eigenes Gespucktes wieder versucht aufzuschlabbern. Für Babys sicher ein natürliches Verhalten. Trotzdem hoffen wir, er gewöhnt sich das bald wieder ab. Am besten gleich die ganze Spuckerei. Wäre für alle besser, er behält sein Essen drin und wir haben keine tickende Zeitbombe mehr am Boden herumkriechen.

Und wieder ein weiterer Schritt: Michi zieht sich an seiner Spielzeugkiste so weit hoch, dass er davor kniet. Als ich ein Foto davon einem Freund zeigte, der auch Vater ist, sagte der spontan: „Der wird bald laufen!" Ich kann nur sagen: „Super! Hoffentlich!"

26. September

Wir waren gestern in einem Biergarten und Michael hat dort ein kleines Kätzchen ins Herz geschlossen, das während unserer Brotzeit ständig um uns herumschnurrte. Vor ein paar Wochen hatten wir schon einmal eine Begegnung mit einer Katze. Aber damals hat ihn diese nicht sonderlich interessiert. Gestern war das anders. Er jauchzte und lachte richtig, als er dem kleinen Kätzchen nahe kam. Das war vom jedoch Elan unseres Juniors irgendwann überfordert und suchte das Weite.
Allerdings hat sich unser Sohn bei unserem Ausflug wohl einen kleinen Schnupfen eingefangen und so war die darauffolgende

Nacht für uns nicht so toll. Um zwölf, eins und vier hieß es aufstehen und den schreienden Knirps rumtragen, bis er sich wieder beruhigt hat. Aber am Morgen schien es ihm schon besser zu gehen. Nase wieder frei und Junior gut drauf, so das Fazit. Hoffentlich bleibt das heute Nacht so.

28. September

Wir fahren in den Urlaub an den Chiemsee zusammen mit meinen Eltern. Es ist Michaels erster richtiger Urlaub. Dementsprechend gespannt sind wir, wie es wohl werden wird. Die Fahrt war zunächst relativ entspannt und ruhig, da unser Kleiner friedlich in seinem Kindersitz eingeschlafen war. Kurz vor Regensburg wachte er auf und bekam gleich das Tunnellied von meiner Frau eingetrichtert: „Am Bergerl da droben, da steht a Tunnel. Wemma nei fährt wird's dunkel, wemma naus fährt wird's hell!" Das hat ihr der Opa in ihrer Kindheit immer vorgesungen. Eine schöne Tradition und wir freuen uns schon darauf, wenn unser Kleiner so weit ist, selber mitzusingen. Nach einer ersten Rast hat er dann sein Fläschchen bekommen und wir erwarteten eine ruhige Weiterfahrt. Aber denkste! Genau rund um München fiel Junior nämlich ein, dass er nicht alleine hinten auf dem Rücksitz sitzen wollte. So brach ein heiseres Höllengeschrei los. Michael war durch nichts mehr zu beruhigen und so blieb Mama nichts anderes übrig, als während der Fahrt vom Beifahrersitz nach hinten zu klettern und auf ihn einzureden. Als auch das nichts half, hielten wir an der nächsten Raststätte erneut an. Erst einige Schnapper frische Luft und Mamas beruhigende Worte machten ihn wieder ruhiger und die Fahrt konnte ohne weitere Zwischenfälle weitergehen. In der Ferienwohnung angekommen, wurde erst einmal alles genauestens inspiziert und Michael hatte sichtlich Freude an seinem neuen Zuhause. Es gab viel zu entdecken und seine Laune besserte sich schnell. Ich baute derweil das Reisebettchen auf und packte die restlichen Sachen mit aus. Wir waren angekommen! Und gespannt auf die kommenden Nächte.

29. September

Bei Kaiserwetter entschieden sich alle gemeinsam, gleich einen Ausflug in die nahen Berge zu wagen. Michael wurde noch gefüttert und bergmäßig ausgestattet und dann ging es schon los. Wir hatten etwas Bammel, wie es wohl an der Kampenwandbahn mit dem Verstauen des Kinderwagens sein würde. Aber nach einem „Des geit scho" des Parkwächters entwichen die Zweifel und die Freude auf die Berge machte sich breit. Den Kinderwagen musste ich allerdings dann doch in der Warteschlange zusammenklappen und bis zur Gondel tragen. Mama hatte unseren Sohn in der kleinen Nostalgiegondel der Bahn auf ihrem Schoss und Junior kletterte auch sofort an Mama hoch und spitzte, die Arme und Nase an der Scheibe klebend, nach draußen auf die sich sekündlich verändernde Naturkulisse. Bäume zogen vorbei, erste Felsen tauchten aus dem Nichts auf und die Sonne schien wie im herrlichsten Sommer.

Oben angekommen, wollten Tamara, der Kleine und ich eigentlich den Panoramaweg zur nächstgelegenen Alm laufen. Wir legten also voller Elan los, mussten aber nach wenigen Hundert Metern frustriert einsehen, dass dieses Abenteuer mit einem Kinderwagen wohl doch eher eine Tortur für alle Beteiligten ist, denn die Ablaufrinnen auf dem Weg schüttelten unseren Junior in seinem Wagen derart durch, dass es kein Spaß für ihn sein konnte. So beschlossen wir, umzukehren und zu meinen Eltern, die es sich auf der Sonnenalm gemütlich gemacht hatten, zurückzulaufen und einfach die unvergleichliche Aussicht auf das Kaisergebirge und den Großvenediger zu genießen. Es war eine gute Entscheidung. Auch unser Sohn genoss die Zeit und war superbrav. Und nach der Rückfahrt war auch das Einschlafen kein so großes Problem mehr wie in den letzten Nächten. Die Bergluft hatte uns alle ganz schön geschafft.

30. September

Der Geburtstag meiner Mutter. Das Wetter heute war fast noch schöner und so entschlossen wir uns, einen Ausflug mit dem Schiff auf die Fraueninsel zu machen. Schon beim Anziehen war es der übliche Kampf mit der Mütze. Denn wenn Michael etwas nicht leiden kann, dann Mützen auf seinem Kopf. Aber auf dem Schiff war es ziemlich windig und nach einer gerade erst einigermaßen überstandenen Erkältung gab es da keine Alternative. So war nach Ablegen des Chiemsee-Bootes ein ständiges Mütze-auf und Mütze-runter-Spielchen unser persönliches Beschäftigungsprogramm. Erst als ihn seine Mama an den Rand des Geländers hielt und Michael die rauschenden Wellen neben dem Schiff beobachten konnte, war er einigermaßen abgelenkt und so konnten auch wir die herrliche Aussicht genießen. Auf der Insel angekommen, gingen wir in einen lauschigen Biergarten, wo sich unser Sohn mehr mit den heranstolzierenden Enten beschäftigte als mit den kleinen Brotbröckchen, die ihm Mama in mühsamer Kleinarbeit hergerichtet hatte. Und dennoch bemerken wir immer mehr, dass er mittlerweile einfach lieber am Tisch kleine Happen von unseren Mahlzeiten mitisst als seinen Brei. Ich kann das gut verstehen, denn die stets orange Hipp-Pampe würde ich auch nicht mögen. Leider spielen die Zähnchen als Kauwerkzeuge noch nicht so ganz mit, denn es sind ja momentan eben erst zwei. Aber es folgen ja noch 18 Milchzähnchen und die Portionen müssen dann nicht mehr im Mikrobereich gesucht werden.

Am Abend waren wir dann noch in einer Pizzeria. Mit echten Italienern, was es für unseren Knaben sehr angenehm machte. Schöner Platz, um auf einer Eckbank herumzutollen. Sogar auf dem Boden durfte unser Sohn seine Kunststücke vorführen. Die Italiener lieben eben kleine Kinder. So durfte Junior alles und freute sich auch sehr. Außerdem gab es für ihn Gnocchi mit Gorgonzola von Mamas Teller. Den Geburtstag ließen wir dann noch gemütlich ausklingen – nachdem Junior in seinem Bettchen zur Nachtruhe gebettet wurde. Diesmal nicht ganz ohne

Zicken. Aber auf Papas Arm, auf dem er schon bei der Rückfahrt von der Fraueninsel eingeschlafen war, fand er dann nach lautem Protest doch schließlich Ruhe.

1. Oktober

Heute haben wir zusammen mit unserem Sohn einen Bauernmarkt besucht. Als Attraktion waren dort kleine Hasen in einem offenen Käfig zu sehen, die man auch streicheln konnte. Also hat Mama Michi einfach über den Drahtzaun herübergehoben und so kam es zur ersten unheimlichen Begegnung mit einem Hasen, nachdem er ja in den letzten Tagen öfter auf Katzen getroffen war. Auch diese Begegnung verlief für beide Parteien friedlich. Aber es sollte noch mehr kommen. Denn am Nachmittag spazierten wir mit der gesamten Familie Richtung Chiemsee vorbei an einer Pferdekoppel, die mein Vater am Morgen zuvor erspäht hatte. Aus diesem Grund hatten wir auch Zuckerstücke dabei, mit denen wir die vier Haflinger auf der Koppel füttern wollten. Allerdings war mein Vater dann doch nicht so mutig wie gedacht und schmiss die Zuckerstückchen nach einem missglückten Fütterungsversuch einfach ins hohe Gras, wo die armen Viecher sie wieder heraussuchen mussten. Aber sie kamen bis zum Zaun zu uns und Junior konnte fast den Anführer der Gang berühren. Fast! Denn das war uns dann doch ein bisschen zu heikel. Mich hatte so ein Pferd schon mal richtig in den Arm gebissen. Und das muss ja auch nicht sein! Trotzdem: Toller Tag – für uns und für unseren Sohn.

In der Ferienwohnung angekommen, habe ich mich ein bisschen hingelegt, während Tamara ins Erdgeschoss des kleinen Ferienhauses runterging. Dort hatten meine Eltern die Wohnung gemietet, so dass wir im Urlaub ein komplettes Haus für uns hatten. Perfekt, um uns ein bisschen zu entlasten, und Oma und Opa freuten sich, den Kleinen auch mal zum Spielen zu haben. Da geschah wieder mal ein kleines Wunder. Michi tobte und turnte am Boden herum und versuchte, sich überall hochzuziehen. So auch am Fernsehboard, das genau die richtige Höhe hatte, um ein Experiment zu wagen. Mit einem Klimmzug hievte sich unser Sohn hoch und kniete vor dem Fernseher. Aber damit nicht genug: Aus Versehen trat er dabei auf die Fernbedienung und so ging der Bildschirm an. Ein bisschen erschrocken, aber gleich darauf fasziniert von den flimmernden Bildchen vor ihm, wollte er noch näher ans Geschehen. Die Mama immer als Sicherung hinter ihm, sie griff aber nicht ein. Und dann kam's. Michael hat sich von selbst hingestellt. Noch etwas staksig, aber er stand. Alleine! Für ihn und für uns eine neue Welt, die es ab diesem Augenblick zu entdecken gab. Wie lang wird es wohl noch dauern, bis unser Kleiner läuft, fragten wir uns und erfreuten uns an dem Anblick.

3. Oktober

Heute ging es wieder nach Hause. Bei schlechtem Wetter starteten wir unsere Heimfahrt. Aber

mit dem Wissen, dass unser erster gemeinsamer Urlaub ein voller Erfolg und ein großes Abenteuer für unseren Sohn war. Die Fahrt verlief relativ ruhig, da wir nicht den Fehler machten, dass meine Frau nach Michis Schlafphase vorne sitzenblieb, sondern gleich mit hinten einstieg und ihn mit Tausenden von Kinderliedern bespaßte, die sie in der Krabbelgruppe gelernt hatte. Ich kann das nur bewundern. Wobei es ihm sicher auch keinen Spaß machen würde, wenn ich ihm was vorsingen würde. Denn die eindeutig bessere Anlage dafür hat meine Frau. Also: Vortritt lassen und bewundern! Nach gut vier Stunden waren wir aber dann doch froh, unseren Kleinen freilassen zu können. Und er tollte erst noch einmal so richtig auf seinem Spielteppich und eigentlich im ganzen Wohnzimmer, bevor es ihm dann die Augen zuklappte. Wie auf Kommando vollführte er auch vor unserem Fernseher sein Kunststückchen. Es sollten noch ein paar mehr folgen. Die Zeit des Sachen-herumliegen-Lassens ist wohl endgültig vorbei. Wir waren wieder daheim und hatten eine tolle Zeit zusammen.

4. Oktober

Junior hat ein neues Terrain für sich entdeckt. Mit Energie und viel Gestöhne zieht er sich nun ständig in die Zwischenablage unseres Wohnzimmertisches. Dort liegen ein paar Kinderbücher für ihn. Aber wir denken, das ist nicht der eigentliche Grund. Er ist einfach auf Entdeckungsreise und der Zwischenraum ist wie eine Art Höhle, die er für sich beansprucht als sein Revier. Trotzdem riet meine Frau unserem Besuch, der gerade da war, er solle doch in Hab-Acht-Stellung danebenstehen, worauf wir etwas schmunzeln mussten über die gewählte Ausdrucksweise, die Tamara manchmal verwendet, um nicht zu sagen, mit der sie kommuniziert.

5. Oktober

Das Wetter ist merklich schlechter, um nicht zu sagen, beschissen. Es regnet den ganzen Tag, windet und ist dazu noch zu kalt für die Jahreszeit. Also Zeit genug für Michael, seine neu erworbenen Fähigkeiten zu üben. Schier überall versucht er, sich nun hochzuziehen. Spielzeug interessiert ihn gar nicht mehr. Wenn er etwas nicht darf, geht die Sirene los. Sehr anstrengend für uns Eltern, aber das gehört nun mal auch dazu. Ich habe heute auch versucht, ihn mit möglichst wenig Unterstützung vom Sitzen wieder ins Liegen zu führen. Und er ist nach seitlich hinten weggeklappt, hat sich mit einer Hand aufgestützt und sich dann komplett gedreht. Bald müssen wir da wohl gar nicht mehr so aufpassen. Gut so!

7. Oktober

Vor lauter Begeisterung über Michis neue Fähigkeiten haben wir glatt übersehen, dass unser Sohn fast nicht mehr spuckt – was eine wahnsinnige Erleichterung ist. Denn wir müssen nun unserem Kleinen nicht mehr dauernd hinterherwischen und können ihn auch mal nach dem Füttern hochnehmen, ohne der Gefahr einer gelben Brei-Dusche ausgesetzt zu sein. Es wurde auch langsam Zeit, dass sich das ein bisschen reduziert. Wir wunderten uns schon die Tage über seinen eingeschränkten Appetit. Aber klar, wer nichts mehr rauskübelt, muss auch nicht mehr so viel essen.

8. Oktober

Michael hat sich heute zwischen meinen Beinen von selbst ins Sitzen hochgezogen. Ein Baby-Sit-up sozusagen. Wenn er jetzt noch lernt, wie er vom Sitzen – ohne sich weh zu tun – wieder ins Liegen kommt, ist wieder ein großer Schritt geschafft.

Heute waren auch meine Eltern bei uns zu Besuch und es ist schon eine wahre Pracht, meinem Vater dabei zuzusehen, wie er mit dem Kleinen spielt. Da wird geschunkelt, gehüpft, gelacht und gewiehert wie ein kleines Pferdchen. Vor Freude natürlich. Leider gereicht die Fixierung auf meinen Vater zum Nachteil für meine Mutter, die heute nur zusehender Gast war. Sie tat mir fast ein bisschen leid, aber Junior spielt eben lieber mit Männern. Wird sich sicherlich in 15 Jahren ändern, schmunzle ich.

10. Oktober

Essen ist schon eine seltsame Sache. Gerade bei Babys ist dies ein Kapitel, das voller Rätsel steckt. Dass unser Sohn seinen Mittagsbrei in letzter Zeit nicht mehr mit Begeisterung zu sich nimmt, ist kein Geheimnis. Dass er aber, statt seinen Brei zumindest zu versuchen, lieber sein Spucktuch isst, das ist neu. Heute war es ein ständiges Hin- und Hergezerre um das Tuch, wobei das eigentliche Essen auf der Strecke blieb. Das kostet Nerven. Meine Frau und auch mich. Meistens wechseln wir uns deshalb derzeit beim Füttern ab. Oder machen Pausen. Zurück zu Fläschchen wollen wir nicht. Aber manchmal bleibt leider nichts anderes übrig. Schließlich muss der Zwerg ja irgendwas essen.

11. Oktober

Eine kleine Erkältung trägt Michael schon die ganze Zeit mit sich rum. Aber heute Nacht war der blanke Horror für alle. Da eine ruhige Nacht von vorneherein nicht zu erwarten war, hat Tamara den Kleinen gepackt und ist mitsamt Schlafsachen ins warme Wohnzimmer gezogen. Ich bin in Alarmbereitschaft im Schlafzimmer geblieben. Und es sollte so kommen. Alle 15 Minuten war Alarm! Junior brüllte los, Papa stürmte vor. Junior beruhigte sich wieder, Papa ging wieder nach hinten. So ging das sicherlich sieben, acht Mal. Schließlich entschloss ich mich, auch meine Decke und Kissen zu packen und es mir auf seinem Spieleteppich im Wohnzimmer bequem zu machen. Auch Michael bekam das mit und fing vergnüglich an herumzutollen. Von Schlafen keine Spur. Nur wir beide waren langsam am Ende, unendlich müde und gestresst. Denn die Nächte zuvor waren auch schon sehr unruhig. Aber kein Vergleich zu dieser. Aus lauter Verzweiflung habe ich mit meinem Sohn Schäfchen gezählt. Mit einem Stoffschaf, das er zur Geburt geschenkt bekommen hatte. Bei Schaf Nummer vier war es wieder vorbei, denn er schnappte sich das Stofftier und ließ es nicht mehr los. Nächster Plan gescheitert. Es war nun schon nach ein Uhr und wir beschlossen, unsere sieben Sachen wieder zusammenzupacken und zurück ins Schlafzimmer zu ziehen. Tamara war inzwischen so müde, dass sie sofort einschlief. Was Junior aber nicht davon abhielt, nach zehn Minuten wieder wie am Spieß loszubrüllen. Mal nahm ich ihn auf den Schoß, mal meine Frau in die Arme. Und irgendwann war es kurz vor sechs, Michael fing das Babbeln an, als ob es eine ganz normale Nacht gewesen wäre, und ich stand mit ihm auf, ging vor ins Wohnzimmer, Windeln wechseln, Fläschchen geben und spielen. Es war ja eine ganz normale Nacht!

12. Oktober

Michaels Erkältung hält sich tapfer. Aber zumindest schläft er nachts ganz gut durch, was uns auch wieder mehr Energie beschert. Auch weil wir alles versuchen, um seine Schnoddernase wegzubekommen. Absaugen, Nasentropfen und was sonst noch alles. Als ich ihn ins Bett brachte, hat er mir heute mehrmals seinen Schnuller angeboten. Süße Geste, aber ich lehnte dann doch dankend ab. Es genügt ja auch, wenn er kränkelt. So musste ich es ohne Schnullertausch weiter versuchen. Schließlich fielen ihm die Augen zu und wir hatten mal kurz Zeit, Energie zu tanken.

13. Oktober

Tamara war heute mit unserem Junior in einem Schnupperkurs der Musikschule. Danach erzählte sie, dass sie das gerne weitermachen würde. Dort lernen die Kleinen neue Lieder und tanzen mit den Müttern. Und irgendwann in späteren Anschlusskursen bekommen sie dann auch mal ein Instrument in die Hand. Das wäre auch ein großer Wunsch von mir. Ich habe das leider verpasst und bereue es bis heute. Aber vielleicht hat ja Michael musische Gene und wird ein kleiner Rockstar. Oder was auch immer.

14. Oktober

Michael versucht seit der Physio – wir waren wieder bei der Therapeutin, die sehr zufrieden mit seinen Fortschritten war – noch öfter in den Vierfüßler-Stand zu gelangen. Heute hat er dann auch ganz alleine die ersten beiden Krabbelschritte gemacht. Mama war komplett außer sich vor Freude. Auch ich war sehr stolz auf unseren Sohn. Eigentlich hat er nicht unbedingt den Antrieb, das zu versuchen. Denn er robbt mittlerweile in einem

solchen Tempo durch die Wohnung, dass eine neue Fortbewe-
gungsart eigentlich für ihn gar nicht erstrebenswert ist. Aber
für seine Rückenmuskulatur wäre es sehr gut. Und so hoffen
wir, dass er kräftig weiter übt und bald auch krabbelt.

16. Oktober

Michaels Schnupfen will und will einfach nicht vergehen. Wir
saugen jeden Abend mit einer speziellen Pumpe, die wir an den
Staubsauger anschließen, sein Näschen ab. Dann ist der Schnod-
der für kurze Zeit weniger und es besteht zumindest die Chance, dass er gut einschläft. Aber es sollte schon langsam besser
werden. Zumal er tagsüber eigentlich gut drauf und sehr ak-
tiv ist. Aber wie beim Papa wird's abends schlechter und der
Krampf beginnt. Hoffentlich nicht mehr so lange, sonst müssen wir doch mal zum Arzt.

18. Oktober

Nun hat es auch die Mama richtig erwischt und sie hat ziemliche
Schmerzen in der Backe. Da ich leider eine lange Karriere mit
Nebenhöhlenentzündungen habe, kann ich mir schon denken,
was es ist. Bei unserem Sohn wird der Schnupfen langsam besser, aber jetzt ist eben Tamara dran. Ich hoffe sehr, dass mich
das Schicksal mal auslässt. Einer muss ja fit bleiben.

19. Oktober

Meine Frau hat die Nacht teilweise im Wohnzimmer verbracht,
hat geweint vor Schmerzen und natürlich nichts geschlafen.
Auch ich bin langsam ein bisschen angeschlagen, da der Kleine
nachts unruhig und die Mama komplett schlaflos ist. So muss
eben ich die Frühschichten übernehmen.

Ich habe Tamara zum Arzt geschickt. Diagnose: Kieferhöhlenei-terung. Dachte ich mir. Nun bekommt sie Antibiotika und macht täglich eine Nasendusche. Aber die Schmerzen sind den ganzen Tag da und der Verbrauch an Schmerztabletten übersteigt das zugelas-sene Maß. Auch untereinander herrscht eine gewisse Spannung. Verständlich, langsam sind einfach alle ziemlich am Limit. Aber es wird vorbeigehen. Dieser Gedanke hält zumindest mich aufrecht.

20. Oktober

Die Schmerzen bei meiner Frau sind nicht besser und die Nacht war auch wieder sehr kurz. Der Kleine nimmt das alles erstaun-lich gelassen und ist richtig gut drauf. So gut, dass er heute ein-fach mal so vom Stehen ins Knien und dann ganz von selbst ins Sitzen gekommen ist. Jaaaa! Alle sind total happy, denn diese Kombination gefällt ihm so außerordentlich, dass er lauthals jauchzt und quiekt. Eine neue Perspektive, die ihm neue Mög-lichkeiten gibt, zu spielen und sich die Welt zu betrachten. Und für uns eine kleine Entlastung, denn mit dem Sitzen ist er so happy, dass er nicht mehr ununterbrochen versucht, sich überall hochzuziehen, und wir nicht mehr jede einzelne Sekunde darauf achten müssen, dass er nicht von Stuhl, Ablage oder Heizkör-per geradeaus umkippt und sich verletzt. Sicher, bis er richtig laufen kann, werden wir noch einige Dramen mitmachen müs-sen. Aber wir sind ja momentan schon für sekündliche Entlas-tung dankbar. Von daher: Super Schritt ins Erwachsenenleben.

21. Oktober

Beim Windelwechseln lassen wir Junior immer eine Zeit lang nackt im Wohnzimmer rumtollen. Ruckzuck ist er von seinem Spieleteppich unterwegs zur Küche. Über das Parkett. Aber hol-la? Was klappt da nicht so, wie er will? Da seine nackten Bein-chen auf dem Holzboden nicht rutschen, klappt auch das Robben nicht so, wie er will. Und was dann? Statt zu robben, hebt er bei jeder Vorwärtsbewegung seinen Hintern und macht so etwas Ähnliches wie Krabbeln. Naja, nennen wir es „Robbeln", denn ein Tick fehlt einfach noch. Aber das wird auch noch kommen. Sitzen, Krabbeln, Laufen – mehr gibt's bei uns auch nicht. Unser Sohn wird langsam ein fertiges kleines Menschlein.

Die Mama war heute auch noch beim Zahnarzt, nachdem die Schmerzen gar nicht aufhörten. Und sie bekam auch noch eine Wurzelbehandlung. Heftig, aber sie hält tapfer durch. Wir hoffen alle, dass es jetzt auch endlich besser wird und alle wieder fit sind.

23. Oktober

So, die Familie ist endlich wieder gesund. Und so freuen wir uns auf ruhigere Tage und Nächte. Beim Füttern hat Mama mir heute ein neues Kunststück unseres Sohnes gezeigt. Auf die Frage: „Wie groß ist der Michael?" hat unser Junior – in seinem Hochstuhl sitzend – beide Arme nach oben gereckt und dem Papa mal so richtig gezeigt, dass er jetzt schon ein Großer ist. Es geht manchmal schneller, als man denkt mit dem Nachwuchs. Bin gespannt, wie schnell die Zeit an uns vorüberziehen wird und wann wir das erste Mal ein Resümee ziehen werden.

25. Oktober

Wenn unser Kleiner sein Geschäft verrichtet hat, sieht man immer eine kleine Beule hinten an der Windel. Auch der Mama blieb das heute nicht verborgen, worauf sie sagte: „Komm mal her mit Deinem kleinen Schwänzchen!" Ich und mein Sohn nehmen das nicht als Beleidigung und haben beide herzlich darüber gelacht. Auch wenn es einen Moment dauerte, bis auch Mama kapierte, was daran so lustig war. Mit grade knapp zehn Monaten sehen wir das noch nicht so eng.

27. Oktober

Heute waren wir das erste Mal mit unserem Sohn einkaufen, während er im Einkaufswagen in der dafür gedachten Vorrichtung saß. Kein Gequäke, kein Gezerre. Er saß einfach nur auf seinem Platz im Wagen und hat sich die ganzen Gänge mit den bunten Waren, die vielen fremden Menschen und natürlich Mama und Papa, wie sie ihn herumschieben, angesehen. Ein Goldjunge, der Kleine! Als wir an der Metzgertheke standen, hat uns die Verkäuferin gefragt, ob der Zwerg schon ein Stückchen Gelbwurst haben darf. Mir schossen sofort eigene Kindheitserinnerungen in den Kopf. Natürlich hat sie ihm eine Scheibe abschneiden dürfen, die er dann stolz in den Händen gehalten und Stück für Stück aufgemampft hat. An der Kasse musste ich ihm aber das letzte Stück stibitzen, da es drohte, im Gang vor der Kasse auf dem Boden zu landen. Aber wir haben natürlich auch ein Foto gemacht: Von Michael mit seinem ersten Stückchen Gelbwurst.

29. Oktober

Nachdem Michael nun auch zuhause im Hochstuhl sitzt und auch immer mehr im Sitzen spielt, haben wir es gewagt und sind mit ihm ins Wirtshaus zum Essen gegangen. Mama hat Sauerbraten bestellt, Papa Entenbrust und Junior hat einen Kloß mit Soße bekommen. Auf seinem eigenen Teller. Und natürlich im Hochstuhl. Auch das erste Mal auswärts. Und er hat prima aufgegessen. Mama musste ihn zwar noch füttern, aber Schritt für Schritt wird es schon. Und selber mit dem Löffel zu essen, muss ja nicht seine Premiere im Wirtshaus finden. Da üben wir lieber daheim noch ein bisschen, bevor wir dieses Experiment wagen. Abgesehen von ein paar Flecken lief auch alles reibungslos ab. Außerdem: Der Papa hat bei der Nachspeise – Eis mit heißen Himbeeren – auch gekleckert. Also was soll's?

31. Oktober

Da unser Sohn nun einwandfrei sitzt und sich auch überall hochzieht, ist einer seiner Lieblingsplätze direkt vor dem Fernseher, der bei uns im Schrank auf etwa 50 Zentimeter Höhe steht. Da ist auch seine Tonne mit Bauklötzen, die er Stück für Stück aus der Tonne ausräumt und vor dem Fernseher auf der Ablage platziert, um sich dann hochzuziehen und sie im Stehen alle wieder herunterzufeuern. Teilweise knallt er sie auch gegen den TV, weshalb wir mit Argusaugen danebensitzen und auf unseren kleinen Tollmaxe aufpassen. Denn ein neuer Fernseher muss ja nicht sein. Obwohl, mit HD und allem Drum und Dran? Aber Junior hat keine Haftpflicht und so passen wir doch lieber gut auf.

2. November

Es ist gerade mal eine Woche her, seitdem wir bei der Physiotherapeutin waren. Und schon wieder kommen wir aus dem Staunen nicht heraus. Unser Sohn hat heute seinen kleinen Popo in die Höhe gestreckt und ist gekrabbelt. Erst ein paar Schritte, dann ein paar Meter und am Nachmittag hat das Krabbeln fast schon das Robben abgelöst. Als ob er nie was anderes gemacht hätte. Die Frau hat einfach Wunderhände. Wahrscheinlich wird Michael nach dem nächsten Termin einfach aus der Praxis rauslaufen. Aber wir sind erst mal glücklich, dass er nun krabbelt. Denn gedacht hätten wir das eigentlich nicht mehr, nachdem er schon in Hochgeschwindigkeit durchs Haus gerobbt und schon seitwärts gegangen ist, wenn er sich dabei irgendwo festhalten konnte. Eigentlich dachten wir, er lässt das Krabbeln einfach aus. Umso schöner, dass er uns wieder mal überrascht hat.

3. November

Unser Sohnemann entdeckt seine Männlichkeit. Wir lassen ihn immer ein bisschen ohne Windel rumtollen, bevor die frische rankommt. Das birgt ein gewisses Risiko, denn meistens fällt es ihm genau da ein, zu pieseln. Aber es macht ihm einen Heidenspaß, im FKK-Modus durch das Wohnzimmer zu krabbeln und zu robben. Er tut sich auch leichter, neue Sachen auszuprobieren ohne den Ballast von Kleidung. Aber heute hatte ein anderes Objekt seine Aufmerksamkeit auf sich gezogen. Minutenlang beschäftigte sich Junior sitzenderweise mit dem kleinen Wurm zwischen seinen Beinen. Er zog ihn nach links, dann nach rechts, dann auch mal noch oben. Meine Frau fragte gleich nach, ob ihm das nicht weh tun würde. Woher soll sie es auch wissen? Schließlich sind wir die Männer im Haus. Und so konnte ich sie auch schnell beruhigen, dass sein ständiges Ziehen und Quetschen wohl keine langfristigen Schäden hinterlassen würde. Und so genossen wir den Forscherdrang unseres Sohnes einfach. Wenigstens hatte er durch die Ablenkung nicht wieder eine Markierung auf dem Fußboden hinterlassen. So hatte die Erstbekanntschaft mit seinem Zipfel ja auch ein Gutes.

4. November

Wir sind der Überzeugung, dass es mit den oberen Eck- und Schneidezähnen wohl nicht mehr lang dauern wird. Gestützt wird diese These durch Michaels raubtierhaftes Verhalten. Erstens beißt er in alles, was nicht niet- und nagelfest ist. Und zweitens habe ich ihn heute erwischt, wie er in den Schwanz seines Stoffwaschbären gebissen hat und mit der Beute in den Zähnen durch die Wohnung gekrabbelt ist. Leider habe ich den Fotoapparat nicht schnell genug zur Hand gehabt. Das wäre ein Bild für die Ewigkeit gewesen. Ich hoffe, ich habe irgendwann noch die Gelegenheit, einen Schnappschuss dieser Art in die Kiste zu bekommen. Denn wie er damit rumgesaust ist, hatte schon etwas von einer Eidechse auf Speed.

5. November

Heute Morgen hatte ich Frühschicht und so machten sich Junior und ich wie gewöhnlich auf den Weg ins Wohnzimmer. Ich habe ihn dann mit seinem Guten-Morgen-Müsli gefüttert und anschließend in den Laufstall gesetzt. Es war kurz vor sieben und ich wollte die Zeit nutzen, um schnell in Ruhe Nachrichten zu gucken. Unser eingespielter Trott. Erst danach wollte ich Windel wechseln. Doch heute sollte es anders laufen. Kurz nach sieben spazierte meine Frau ins Zimmer, beschwerte sich zunächst, warum unser Sohn im Laufstall sei und anschließend, warum denn die Windel noch nicht gewechselt sei. Alle Erklärungen nützten nichts und so packte sie den Kleinen, nahm ihn mit finsterer Miene aus dem Laufstall heraus und entfernte die volle Nachtwindel. Papa wurde noch mit einigen vorwurfsvollen Blicken gestraft und Michael tollte wie immer unten blank am Boden herum. Nach einigen Minuten aber geschah es: Tamara schnüffelte in die sonst frische Morgenluft und musste feststellen, dass diese wohl heute doch nicht so frisch roch. Kurz hinter den Wohnzimmertisch geguckt und da war es klar. Junior hatte halb auf den Boden, halb auf den Teppich gekackt. Es war jetzt etwa fünf nach sieben und die Nachrichten hätten bis zehn nach gedauert. Die Tatsache, dass die braune Pampe nach meinem Plan schlicht und einfach in der Windel gelandet wäre, gab mir doch sichtlich Genugtuung und so rührte ich auch keinen Finger, als meine Frau die ganze Sauerei murrend wegputzte. Als schließlich alles wieder so weit sauber war, stieg mir immer noch ein etwas moderiger Geruch in die Nase. Und nach einigem Suchen fand ich den Grund: Unser Junior hatte sein Geschäft auch auf dem Gebetsbuch, dass uns der Pfarrer zu Michaels Geburt geschenkt hatte, verrichtet. Nun ist er ja evangelisch. Denn ansonsten wäre das eine wunderbare Geschichte für seine erste Beichte gewesen. Aber so lachte ich nur den ganzen Tag darüber. Nach einiger Zeit konnte auch meine Frau die Witzigkeit dieser ganzen Geschichte nicht mehr abstreiten und so lachen wir wahrscheinlich noch länger über diesen Morgen.

6. November

Gestern Abend war große Premiere. Meine Frau und ich waren das erste Mal seit eineinhalb Jahren wieder gemeinsam fort. Das Ganze war nur möglich, weil Tamaras Mutter sich bereit erklärt hatte, abends auf Junior aufzupassen. Damit wir den Abend richtig lange genießen konnten, übernachtete sie auch bei uns im Haus beziehungsweise mit Michael in unserem Schlafzimmer. Wir hatten von vorneherein unser Gästezimmer als Aushilfsquartier für diese Nacht gebucht. In der Kneipe angekommen, schaute Tamara gefühlt alle zehn Sekunden auf ihr Handy. So wurde es sieben, dann halb acht und schließlich fast acht Uhr, als eine Nachricht ihrer Mutter kam: „Oh ganz vergessen, Michael schläft schon seit sieben Uhr!" Da Tamara auf diese Nachricht seit über einer Stunde gewartet hatte, wusste sie zunächst nicht, ob sie sauer oder glücklich sein sollte. Nachdem wir aber gemeinsam festgestellt hatten, dass sie genauso schusselig wie ihre Mutter ist und ihr das auch passieren hätte können, wurde es ein ganz toller Abend und nach gelungener Premiere wird es hoffentlich nicht wieder so lange dauern, bis wir mal gemeinsam auf die Piste gehen können.

8. November

Wir sind uns nicht sicher, ob und wie viel Michael versteht. Aber heute hat er uns wieder überrascht. Wenn wir ihm ein Spielzeug geben, hält er es uns immer wieder hin, so dass wir es nehmen sollen. Und auf Mamas „Danke!" kam heute spontan ein „Bitte!", was uns in höchstes Erstaunen versetzte. Zufall? Oder ist er einfach ein höfliches kleines Kerlchen. Das wird sich wohl noch herausstellen.

Unser Junior gibt sich mit normalem Krabbeln auch nicht mehr zufrieden und versucht immer wieder, seine Beinchen durchzustrecken, während er mit den Armen auf dem Boden ist. Ganz klar, er will aufstehen. Der nächste Schritt! Aber es klappt natürlich noch nicht. So gibt das Ganze noch ein eher unbeholfenes Bild ab. Aber irgendwann wird er auch das schaffen. Ein richtiger Großer wird er, unser Sohn.

10. November

Was sich an den Vortagen angekündigt hat, geht nun weiter. Michael läuft nun schon super mit, wenn Mama oder Papa ihn an den Händen führen. Das Spiel geht so: Entweder Mama führt ihn und sie laufen zu Papa – oder eben umgekehrt. Und man kann ihm förmlich ansehen, welche Freude er daran hat, beim jeweiligen Elternteil anzukommen. Er grinst, lacht und weiß, dass es weitergeht. Wir sind nun sicher, dass er es bis zu seinem ersten Geburtstag schaffen wird zu laufen. Nach unserem Buch, das bisher alle schwierigen Phasen und Entwicklungen erstaunlich gut vorausgesagt hat, ist er nun nicht nur auf dem Stand, sondern hat sein Soll weit überholt. Wir sind beide unheimlich stolz und gespannt, wie es weitergehen wird.

11. November

Michi hat schweren Durchfall und der Duft ist nicht gerade von Dior. Beim Windelwechseln hebt es mich regelmäßig und ich bewundere Tamara, wie sie das wegsteckt. Und das auch noch, weil es im Moment eine Qual ist, Michi die Windeln zu wechseln. Sobald man ihn hinlegt, dreht und windet er sich. Und wenn man ihn festhält – was ja unter den Umständen nicht anders geht – fängt er bitterlich zu schreien und weinen an. Herzzerreißend, aber was sollen wir machen, wollen wir die ganze Pampe nicht überall im Zimmer verteilt haben. Auch die Nacht war nicht geruchsfrei und so hat mich Mama ins Gästezimmer geschickt. Erstens, weil Junior mit im Bett geschlafen hat, und zweitens, weil so nur einer den Gestank ertragen musste. Danke!!!

12. November

Es war anscheinend nicht nur ein normaler Durchfall, denn in der Nacht ging es auch bei mir los. Durchfall und Brechen in der Nacht und auch den ganzen Tag. Ich fühle mich wie ein ausgewundener Waschlappen und schaffe gerade mal den Weg zwischen Bett und Klo. An Essen war nicht zu denken. Gott sei Dank unterstützte uns Oma und Tamara fuhr tagsüber zu ihr. So konnte ich in Ruhe dahinsiechen und mich erholen. Ich wäre dem kleinen Racker, dem es heute wieder besser geht, sowieso nicht nachgekommen. Er ist mittlerweile so schnell beim Krabbeln und zieht sich überall hoch, dass ich schlicht überfordert gewesen wäre, auf ihn aufzupassen.

13. November

So, jetzt hat es auch Tamara erwischt. Toilettenbesuche inklusive. Michael hat es also geschafft und die ganze Familie angesteckt – samt Opa, der uns am Vorabend besucht und mit ihm gespielt hatte. Heute bin ich dran, mich aufzuraffen und auf den kleinen Sausewind aufzupassen. Denn Mama liegt wie eine ausgezuzelte Weißwurst auf der Couch und schaut dem Spektakel aus sicherer Entfernung zu.

Wir haben im Wohnzimmer kleine viereckige Hocker, an denen sich Junior bisher nur hochgezogen hatte, um sich dort hinzustellen und zu gucken, was er in näherer Umgebung zu fassen kriegen würde. Heute hat er sich einfach komplett hochgezogen und baumelte hilflos oben auf dem Hocker. Er wollte sich dann auch noch auf den Wohnzimmertisch rüberziehen, aber da musste Papa einschreiten und ihn aufhalten. Was da noch alles auf uns zukommen würde, ahnten wir in diesem Moment. Nichts würde hier mehr sicher sein. Aber Hauptsache, der Zwerg erkundet jeden Winkel der Wohnung.

14. November

Die einzige Möglichkeit, unseren Sohn momentan auf seinem Hintern zu halten, sind die Bilderbücher, die wir für ihn haben. Es ist erstaunlich, wie interessiert er jetzt die Bildchen von Blumen, Tieren, Häusern und allem, was eben so geboten ist, betrachtet. Er zeigt auf jedes einzelne Bild und es folgt das mittlerweile schon legendäre „Da!". Dazu zeigt er auch mit dem Finger auf das, was ihn interessiert. Wir erklären ihm natürlich alles, was er wissen will. Ohne eine Ahnung zu haben, wie viel er versteht. Und wie viel wir verstehen, was er eigentlich will. Denn egal, ob wir sagen, dass da ein Pferdchen, eine Sonnenblume oder ein Traktor zu sehen ist, bleibt sein einziger Kommentar ein kurzes, aber bestimmtes „Da!". Auch wenn Mama oder Papa ihn im Haus herumtragen, zeigt er auf alles, was so DA ist. Und wir kommen mit dem Erklären oft nicht nach, denn Michi ist schon wieder beim nächsten interessanten Objekt – und wir fragen uns, ob er uns wohl veräppelt. Denn manchmal scheint es so, wenn er dabei auch noch sein schelmisches Grinsen aufsetzt und Mama und Papa sich den Mund fransig reden lässt.

15. November

Papa ist unheimlich stolz auf seinen Sohn. Denn einfaches Herumlaufen an Mamas Händen genügt Junior nicht mehr. Nein, er kickt dabei seinen kleinen bunten Spielball gekonnt in Papas Richtung und freut sich diebisch über jeden gespielten Pass. Sogar ein halber Hakentrick war dabei. Ob er wohl ein guter Fußballer wird, frage ich mich und male mir schon aus, wie er wohl im Dress von Borussia Dortmund aussehen würde. Coole Vorstellung. Heißt also, am Ball bleiben und weiter üben. Ein bisschen Zeit hat er ja noch.

17. November

Michaels Leidenschaft für Bücher nimmt täglich zu. Und wir sehen sogar erste Erfolge. In seinem Bauernhofbilderbuch scheint er jetzt sogar einige der Tiere wiederzuerkennen. Denn wenn wir auf die große gefleckte Kuh deuten und ihn fragen, wie sie denn macht, gibt er ein babydunkles Brummen von sich. Zwar kein „Muuuhh!", aber durchaus ein „Wwwwwhhh!". Und der Hund eine Seite weiter ist ein „Wahwah!" Allerdings ist auch das Pferd und der Esel ein „Wahwah!". Aber das war so zu erwarten und wir freuen uns schon auf ein „Tweettweet!" bei der Schwalbe oder ein „Quakquak!" bei den Enten. Wird wohl nicht mehr lang dauern und er zeigt uns auch da, was er schon alles kann.

19. November

Michael isst jetzt zum Frühstück immer Brot mit Käse und Gurken. Wir schneiden das Ganze in kleine Würfel, streichen den Schmelzkäse drauf oder legen Emmentaler auf die Würfelchen. Dann schnell eine Gurke in kleine Stücke geschnitten und schon geht's los. Am Anfang haben wir ihm Stückchen für Stückchen hingereicht und er hat sich seine Mahlzeit im Pinzettengriff geschnappt und den ganzen Haufen in den Mund gestopft. Mir war das – muss ich zugeben – zu aufwendig. Deshalb habe ich ihm die Würfel jetzt einfach auf seine Essfläche vom Hochsitz gelegt und er nimmt sich so die Würfel einer nach dem anderen. Es macht richtig Spaß, welche Fortschritte er macht. Und ich streiche den Rest vom Streichkäse, der an meinem Finger klebt, einfach an seinen zwei unteren Zähnen ab. Praktisch, so ein kleiner Baby-Hase. Tamara hat ihm auch schon mal zwei oder drei Würfel auf einmal hingelegt und er hat sie schön nacheinander gegessen. Danach gibt's immer noch ein kleines Fläschchen und der Zwerg ist gewappnet für den Tag.

21. November

Ein seltsamer Beginn des Tages. Michael hat um sechs Uhr noch tief und fest geschlafen. Leider waren Mama und Papa schon ausgeschlafen. Denn am Abend zuvor hat es uns beide schon um halb zehn dahingerafft, so fertig waren wir. Da haben wir uns kurzerhand entschlossen, vor Junior aufzustehen und so saßen wir zwei allein im Wohnzimmer und haben darauf gewartet, dass unser kleiner Graf aufwacht. Gegen sieben war es dann so weit und der normale Tagesablauf konnte beginnen. Nur schade, dass wir die freie Zeit nicht ausnutzen konnten. Aber wer rechnet schon damit, dass wir eher als Michael aufwachen. Naja, vielleicht sollten wir für sowas einen Plan B entwerfen. Aber mir fällt nichts Gescheites dazu ein.

23. November

Junior trägt nun seinen Teil zum Haushalt bei und bringt – ja, das stimmt wirklich – seine volle Windel nach dem Wickeln selbst zum Windeleimer und wirft sie hinein. Krabbelnd ist es zwar nicht einfach, das vollgesogene Objekt mitzuschleppen, aber der Kleine gibt nicht auf und zerrt und schiebt das weiße Etwas bis zum Eimer, richtet sich auf und macht einen Dunking in den Eimer. Vielleicht ist ja Basketball mal sein Ding? Obwohl ich nicht erwarte, dass er zwei Meter groß wird – bei den Eltern. Tagsüber haben wir noch mit dem kleinen Ball gespielt und als ich ihn zu Mama und Sohn rübergeschossen habe, hat ihn Tamara so gekonnt wie unerwartet abgefangen und gesagt: „Ich hätte Babyballtorwart werden sollen!" Ich bezweifle, ob es diese Position je gab, aber ich lasse meine Frau in dem Glauben, sie hätte da Karriere machen können.

24. November

In seinem Übermut ist Michael wieder mal übers Ziel hinausge-
schossen, beziehungsweise ist er beim Krabbeln mit dem Gesicht
auf den Boden geknallt. Dann begann großes Drama: Ich stand
zu der Zeit in der Küche und hörte nur die Schreie meiner Frau,
ich solle sofort kommen. „Er blutet!" schallte es aus dem Wohnzimmer. Als ich schließlich herbeigestürmt kam, sah ich nicht
das erwartete Massaker, sondern meine Frau mit Taschentuch
in der Hand, Tränen in den Augen und Michael schon wieder
gut drauf. Er war auf die Lippe gefallen und hatte dann etwas
geblutet. Ich beruhigte Tamara und sagte ihr, dass so etwas in
Zukunft noch öfter passieren würde, was aber in diesem Moment nicht wirklich half. Im Gegenteil: Mein Herunterspielen
der Situation verschlimmerte die Lage eher noch. Sie ist halt
eine Mama und jedes kleine Wehwehchen wird wohl ab jetzt zu
Schockzuständen führen. Ich befürchte, dass sie so die nächsten Jahre nicht überleben wird. Zwinker!

25. November

Uropa und Uroma sind heute zu Besuch gekommen und haben
unserem Sohn ein neues Spielzeug mitgebracht. Es ist ein Bil-
derbuch, das auch Lieder abspielt, wenn man auf bestimmte
Knöpfe drückt. Es war auch allerhöchste Eisenbahn, dass da
was Neues ins Haus reinschneit, denn wir haben in den letzten
Wochen deutlich gemerkt, dass Michael seine alten Spielsachen
immer mehr langweilen. „Große Uhren machen tick tack ...", so
ein Lied aus dem Buch. Der Titel gefällt mir, ich glaube aber, dass
wir ihn in den nächsten Wochen mindestens eine Million Mal
hören werden. Ob er mir dann immer noch gefällt? Na, schau-
en wir mal. Der Kleine ist auf jeden Fall happy damit und wir
auch. Zu Weihnachten soll er dann noch einen Zug zum Drauf-
setzen bekommen. Den hat die Uroma auch mitgebracht. Aber
wir sind uns einig, dass wir das große Fest dieses Jahr wohl

noch nach vorne verlegen werden. Denn erstens merkt er das ja noch nicht. Und zweitens glauben wir, dass er in einem Monat sowieso läuft und die Geh-Lern-Hilfe dann nichts mehr bringen wird. Wir sind nur noch am Aushandeln, wann wir unseren Sohn damit überraschen. Ich glaube, spätestens Nikolaus wird es so weit sein.

26. November

Dass Mama ein kleiner Tollpatsch ist, hat sie heute Morgen wieder bewiesen. Als sie unserem Junior in der Küche seinen Obstbrei zubereiten wollte, rutschte ihr der Löffel aus, worauf sie den ganzen Fußboden und die Arbeitsfläche nach der fehlenden Portion Williams-Birne absuchte. Verwundert, dass nirgends etwas davon zu finden war, rührte Mama entschlossen wieder an Michaels Brei. Als dieser fertig zum Verzehr war und Junior samt Schüsselchen auf Mamas Schoß Richtung Wohnzimmer chauffiert wurde, entdeckte Tamara den fehlenden Birnenklecks. Dieser hatte sich auf Michaels Stirn breit gemacht und war dort in aller Ruhe am Antrocknen. Es folgte ein herzlicher Lachkrampf, ein verwundertes Baby und ein opulentes Mahl. Mit ein bisschen weniger Birne als sonst. Aber geschmeckt hat's trotzdem.

27. November

Es ist Mamas Geburtstag. Und nach einem relativ entspannten Vormittag gingen wir drei miteinander ins Wirtshaus, um dort die versammelte Verwandtschaft zum gemeinsamen Mittags-Geburtstagsessen zu treffen. Ganze 21 Mann – und natürlich auch Frau – waren gekommen, um zusammen zu feiern. Michael haben wir zwischen uns postiert, ein Kindersitz war schon bereitgestellt. Und nachdem alle eingetrudelt waren, wurde erst einmal festgestellt, dass Junior wohl seinem Vater ähnlich sehen würde. Uns war das klar, schließlich ist er ja mein Sohn. Und außerdem verändern sich die Kleinen in den ersten Jahren sowieso tausend Mal. Nach dem ersten Kennenlernen und Wiedererkennen wurde gegessen. Und unser Sohn hat doch tatsächlich einen kompletten Kloß verspeist. Es schmeckt ihm einfach und man sieht das auch an den Bäckchen. Trotzdem sind wir überzeugt, dass er mal ein toller Sportler werden wird. Allein wie er jetzt zuhause herumturnt, lässt einiges erwarten. Und ein Kumpel von mir ist er jetzt auch. Denn als ich beim Essen zugange war, hat unser Sohn ein ums andere Mal seine Hand auf meine Schulter gelegt – wie unter Kumpels üblich – und mich mit einem breiten Grinsen angeschaut. Da kommt noch einiges auf uns zu. Aber es ist herrlich, wie man jeden noch so kleinen Fortschritt, jede winzige Entwicklung erkennt und genießt. Am Nachmittag kamen dann auch meine Eltern und Michael hatte weiterhin super Laune. Anscheinend weiß er, was sich an Mamas Geburtstag gehört. So ließen wir den Tag noch entspannt ausklingen und auch Tamara war rundum glücklich.

28. November

Dass nicht alles Gutgemeinte auch so ankommt, mussten wir heute erfahren. Wir hatten im letzten Jahr von Tamaras Freundin einen singenden und tanzenden Spielzeugelch geschenkt bekommen, der lauthals „Merry Christmas" grölt. Eigentlich eine lustige Sache, wenn der mal loslegt. Das dachten wir auch, als wir unseren Junior auf den Boden setzen und den Elch einen halben Meter vor ihm platzierten. Aufs Knöpfchen gedrückt und schon legte der Elch los wie der Teufel. Und Michi fiel in Schockstarre. Das ging so lange, wie der Elch sang und tanzte. Als dieser wieder Ruhe gab, verfinsterte sich Juniors Miene endgültig, Wasser stieg in die Augen und es folgte ein Brüllkonzert, wie wir es lange nicht mehr gehört hatten. Tja, da kann man nur sagen: Elchtest nicht bestanden!

29. November

Immer öfter sitzen wir nun auch beim Essen mit Michael zusammen. Heute haben wir Pizza bestellt und unseren Sohn in seinen Sitz am Tisch platziert. Ein paar Hirsekekse, dann ist auch er zufrieden, so der Plan. Aber wenn Junior jemanden etwas essen sieht, will er auch zwangsläufig seinen Anteil. Eher gibt er keine Ruhe. Und so schnitt ihm Tamara kleine Stückchen von ihrer Pizza ab. Dabei unterlief ihr ein folgenschwerer Fehler. Meine Frau hat die Angewohnheit, jede Pizza zusätzlich mit einer scharfen chinesischen Soße zu würzen und so auch heute. Sie achtete zwar darauf, dass Michi kein Stückchen mit dieser Soße bekam, bedachte aber nicht, dass auch am Messer Reste der Soße klebten. Und so geschah es: Chili-Alarm! Mit weit aufgerissenen Augen und Mund saß unser Sohn in seinem Sitz, gab erst mal gar keine Geräusche von sich, lief tiefrot an und es folgte ein Höllengebrüll. Ich werde das Gesicht wohl nie vergessen und musste zu meiner Schande auch total darüber lachen. Ich bildete mir ein, sogar ein paar Schweißtropfen auf seiner Stirn entdeckt zu haben. Wir Erwachsenen wissen ja, dass der Schmerz vergeht. Und nach ein paar Stückchen trockenem Toast und Mamas tröstenden Worten war auch wieder alles in Ordnung. Und Michael hatte seine erste Chili-Erfahrung hinter sich.

30. November

Unser kleiner Goliath hat ein neues Spiel entdeckt. Beziehungsweise eine neue Herausforderung. Er hat eine kleine Sonnenbrille mit Klettverschluss. Und es bereitet ihm eine Riesenfreude, diesen Verschluss auseinanderzureißen. Allerdings bekommt er es nicht immer so hin, dass die beiden Enden aneinanderkleben. Aber für so etwas gibt es ja Mama und Papa, die wieder und wieder als Instrumente des Aneinanderfügens der Enden missbraucht werden. Danach geben wir Junior die Brille wieder und er reißt so lange daran herum, bis er die Enden wieder auseinander hat. Und freut sich auch jedes Mal wie ein Schnitzel über seinen Erfolg. Da ist man gerne Werkzeug.

1. Dezember

Michael hat heute seinen ersten Adventskalender bekommen. Und da war gleich eine richtig tolle Überraschung drin. Ein Weihnachtstruck, der „Heute kommt der Weihnachtsmann …" und „Oh Du Fröhliche …" singt und nebenbei noch ein sonores „Ho Ho Ho" rauslässt. Michael beschäftigt sich auf jeden Fall super damit und wir sind alle gespannt, was in Nummer zwei wartet.

Am Nachmittag bin ich mit meinem Sohn spazieren gegangen, weil es einer der schöneren Tage war und wir die letzten Sonnenstrahlen ausnutzen wollten. Auf einer kleinen Anhöhe hatten wir zwei dann das Glück, dass man die Sonne hinter einem Berg untergehen sah. Wir haben angehalten und den Sonnenuntergang zusammen angeschaut. Ich weiß nicht, ob er das schon so mitbekommt, aber er war ganz still und hat nur geguckt. Ja, ich denke, er hat das zusammen mit seinem Papa genossen.

2. Dezember

Wir waren heute in einem großen Spielzeuggeschäft und haben für unseren Sohn ein Bobby-Car gekauft. Schwarz mit einem roten Lenkrad und extra breiten Reifen. Allerdings bekommt er es erst an Weihnachten. Was Papa wohl weniger erwarten kann als Michael.

Wieder zuhause hat Mama den kleinen Genießer am Rücken gegrabbelt. Und welch Überraschung, der kleine Sausewind, der sonst keine Sekunde stillhält, hat sich an seine Mutter geschmiegt, den Kopf in ihren Schoß gelegt und keinen Mucks mehr gemacht. Wir haben also tatsächlich ein Mittel gefunden, den Zwerg auch mal fünf Minuten ruhig zu stellen. Und der Mama macht das natürlich auch Spaß. Da fragt man sich fast, wer das eigentlich mehr genießt.

3. Dezember

Nach den unruhigen letzten Tagen war es das, was wir erwartet hatten. Oben rechts spitzt ein bisschen Michaels Schneidezahn durch. Ich freu mich schon auf das erste Wienerle, dass er dann genüsslich reinknabbern kann. Auch die anderen Zähnchen – Eckzähne und der zweite Schneidezahn – werden wohl nicht mehr lange brauchen. Er wird eben ein richtig kleiner Mann.

4. Dezember

Unser Sohn hat nun seine Laufhilfe bekommen. Nicht billig, aber dafür aus Holz und gut durchdacht. Und er hat auch sofort kapiert, was er damit anstellen muss. Zuerst wurde das fremde Teil ein bisschen beäugt, dann mit dem Spielzeug, das daran befestigt ist, gespielt. Aber schon bald hat Michael entdeckt, dass man sich daran hochziehen kann und so auch ohne Mamas und Papas Hilfe durchs Wohnzimmer rasen kann. Und das hat er auch gleich angepackt. Wir haben Freddie, so heißt das Ding, ordentlich positioniert und schon ging's los. Vom Spieleteppich bis vor zur Küchentür. Dann wurde der Zwerg samt Freddie gedreht und schon ging es wieder dieselbe Strecke zurück. Dabei kreischt und grinst unser Sohn voll Freude. Und es war auch höchste Zeit. Denn ich denke, in ein paar Wochen wird er Freddie wohl gar nicht mehr brauchen. Aber bis dahin kann er viel trainieren und lernen. Schritt für Schritt, Strecke für Strecke. Und zwei, drei Schritte läuft er jetzt sogar schon an einer Hand. Wahnsinn, der Kleine.

5. Dezember

Nachdem wir Junior ab und zu mit auf die Couch nehmen, wo
er wie von der Tarantel gestochen an den Polstern hin- und her-
krabbelt, immer wieder aufsteht und versucht, unsere gesamte
Blumenansammlung herunterzureißen, gibt es immer noch ein
großes Risiko bei der Action. Denn Michael will oft, sobald er
etwas Interessantes sieht, wieder runter von der Couch. Und
das kopfüber. Aber wir bringen ihm nun bei, rückwärts vom
Sofa runterzusteigen. Das klappt noch nicht ganz ohne Hilfe,
aber er versucht sich schon mittlerweile in die richtige Position zu drehen, um rückwärts abzusteigen. Aber das wird er
auch bald ohne Hilfe können. Und wir haben wieder mehr in-
nere Ruhe und müssen nicht ständig auf der Hut sein. Denn
der Junge ist sauschnell und unsere Aufmerksamkeit muss jederzeit auf 100 Prozent sein. Aber es wird besser und Michael
wieder ein Stück selbstständiger.

6. Dezember

Michaels erster Nikolaus. Gekommen ist noch keiner. Er würde es wahrscheinlich auch nicht kapieren. Aber von Oma gab's
einen Traktor mit Steckteilen, den er sofort zerlegt hat. Und
den Papa zu seiner Schande nicht wieder in seinem ursprüng-
lichen Zustand aufbauen konnte. Ich hätte ein Foto machen
sollen. Aber Junior hat Spaß an dem landwirtschaftlichen Gefährt. Und es ist im Gegensatz von so manchem Spielzeug pä-
dagogisch wertvoll – sprich, er lernt dabei. Genauso wie mit
seinen Stapelbechern, die er nun immer besser selbst wieder ineinander Stecken und stapeln kann. Und nächstes Jahr
kommt dann der echte Nikolaus. Vorausgesetzt Michael bleibt
so brav wie bisher.

7. Dezember

Meine Frau schafft eigentlich täglich eigene Wortkreationen. Neben Heppern und Mockeln war es heute Socki statt Socken. Aber sie hat auch immer eine passende Erklärung. Denn laut Tamaras imaginärem Duden heißt es „der Socki" statt „die Socke". Klingt logisch, isses aber nicht.

8. Dezember

Da Michael jetzt mehr Obst bekommen soll, hat sich meine Frau entschlossen, ihm Apfelstückchen zum Frühstück zu servieren. Und anscheinend ist das nicht sein Lieblingsobst. Zwar lässt er sich die kleinen fruchtigen Spalten gerne in den Mund schieben, schluckt sie aber nicht runter. Nein, er sammelt sie wie ein Hamster nach und nach in der Backe und spuckt sie erst Minuten später irgendwo beim Spielen wieder raus. Man bekommt das gar nicht mit und ich bewundere sein Durchhaltevermögen dabei. Aber der kleine Futterneider steckt sich so ziemlich alles erst mal in den Mund und entscheidet dann später, ob es ihm schmeckt. Seltsame Taktik, aber so ist er halt.

9. Dezember

Heute fährt Michael mit seiner Mama und der Schwiegermama für drei Tage zur Uroma ins Schwabenland. Ich vermisse die beiden schon heute und freue mich auf die Rückkehr. Es ist viel zu ruhig hier. Und ich muss auch nicht alle zwei Stunden aufräumen. Und keine stinkigen Windeln wechseln. Schon seltsam, dass man sogar das vermisst. Ich bin eben jetzt ein richtiger Papa – mit allem Drum und Dran. Aber ganz ehrlich: Heute Morgen war es schon mal schön, als weder ein Wecker klingelte noch das allmorgendliche „da, da" unseres Sohnes mich weckte. Aber trotzdem ist es schöner mit dem ganzen Geschrei und dem rumsausenden Zampano.

11. Dezember

Meine beiden sind anders als geplant schon heute wieder von ihrem Kurzurlaub zurückgekommen. Wie mir meine Frau berichtet hat, hat sich die Uroma alle Mühe gegeben, es unserem kleinen Sohn so gemütlich wie möglich zu machen. Das fing schon beim Essen an: Statt Spätzle gab es Knöpfle, weil die unser Michael ja leichter essen kann. Und am Sonntag gab es Sauerbraten und für Junior einen Kloß mit Soße. Und er hat wieder ganz toll mitgegessen. Gestern war die ganze Familie bei Ikea, denn Oma braucht eine neue Küche und alle wollten sich dort mal umsehen. Natürlich auch Michael, der im großen Möbelhaus ein etwas kleineres Spielehaus entdeckte und sofort ausprobieren musste. Er rutschte gekonnt die kleine Rutsche herunter, krabbelte durch die Gänge und traf auf einen älteren Jungen, der ihm erzählte, dass man vier Jahre alt sein müsse, um ins Spielehaus zu dürfen. Das war aber unserem Junior egal und er vergnügte sich weiter mit nicht mal einem Jahr in dem bunten Häuschen. Respekt. Insgesamt war es also ein recht anstrengender, aber auch schöner Ausflug, den der Papa leider auf der Couch verbringen musste, da er sich natürlich genau an diesem Wochenende eine Riesenerkältung eingefangen hatte. Schicksal.

12. Dezember

Da Junior, wenn er mit seinem Freddie unterwegs ist, nach einiger Zeit etwas seinen linken Fuß nachzieht, wollten wir auf Nummer sicher gehen und meine Frau war mit ihm heute wieder bei unserer Physiotherapeutin. Und kam mit einer Entwarnung zurück. Es ist alles in Ordnung mit Michael. Er ist nur einfach noch nicht so weit, besser gesagt, so stabil im Oberkörper, dass er das schon perfekt koordinieren könnte mit dem Gehen. Wir sollen ihn die nächste Zeit nicht mehr an der Hand laufen lassen, da dies eher kontraproduktiv sei, solange er nicht stabil genug ist. Das hätten wir zwar nie gedacht, da man das ja von allen anderen Eltern auch sieht, aber wieder mal gut, dass wir hingeschaut haben und jetzt entsprechend reagieren können. Und bald ist es sicher auch so weit. Obwohl wir's kaum erwarten können, bis unser Michael seine ersten Schritte ganz alleine machen wird.

13. Dezember

Auf der Heimfahrt von der Uroma hatte Michaels Oma mit ihm geübt, wo denn bei Tieren, Menschen und Stoffviechern die Nase ist. Wir müssen voller Stolz zugeben: Er hat es sich super gemerkt. Wenn wir jetzt fragen, wo denn die Nase bei der Mama ist, dann zeigt er sofort auf Mamas kleines Näschen. Auch bei Teddy, Fuchs und Wauwau wird das Organ sofort identifiziert. Er kann auch die Ohren finden, wenn man danach fragt. Egal, ob versteckt wie bei Mama oder einfach offen wie bei Papa. Er lernt, der Kleine.

14. Dezember

Leider hat es nun Michael und Mama auch erwischt. Beide schniefen und husten. Mir geht es auch noch nicht so gut und so werden wohl die nächsten Tage sehr anstrengend. Und das an unserem Hochzeitstag. Aber ein bisschen feiern wollten wir uns trotzdem nicht nehmen lassen und so konnten wir dank Omas Babysitting doch wenigstens fein essen gehen. Ein Gläschen Wein, für mich ein Bier – und superleckere Speisen mit Iberico-Schwein und Risotto haben uns samt Nachtisch doch noch den Tag ein bisschen gerettet. Abends kam bei Junior aber auch noch Fieber dazu und so musste ich nachts noch in die Apotheke fahren und Zäpfchen besorgen. Bei 39,5 Grad wollten wir kein Risiko eingehen. Und Michael verträgt sie eigentlich ganz gut.

15. Dezember

Das Fieber geht runter, die Zäpfchen haben geholfen. Junior und mir geht es wieder ein Stück besser und auch Mama ist auf dem Weg. Als sie heute Mittag Michael fütterte, gab es erst jede Menge an Gequäke, dann einen Riesenpumps und schließlich war der Knabe zufrieden und lachte übers ganze Gesicht. Scheint ihm zu gefallen, wenn er furzt. Und wir können uns bei dem Klangvolumen einen kleinen Schmunzler auch nicht verkneifen. Er ist unser kleiner Flatulenzius.

16. Dezember

Tamara geht es heute auch besser und auch Michael ist auf dem Weg. Allerdings ist sein kompletter Essrhythmus durcheinander und so lehnte er heute sowohl seine Spaghetti zu Mittag als auch den Obstbrei am Nachmittag rigoros ab. Da war nichts zu machen. Schließlich hat er um vier Uhr noch ein bisschen Brot gegessen und ich habe abends versucht, ihn allein ins Bett zu bringen, da Tamara arbeiten musste. Leider ist es mir wohl vorbestimmt, dass es jedes Mal im Drama endet, wenn ich allein mit Junior bin. So auch heute. Um halb sieben ging ich mit ihm nach hinten ins Bett, Fläschchen an Bord, Nachtnucki dazu. Also alles, was wir normalerweise brauchen. Nur dass er dieses Mal seine Flasche nicht austrinken mochte und sofort das Schreien anfing, als ich ihn zum Schlafen bringen wollte. Eigentlich alles wie immer: Seine Hand krallte sich in meine Nase und mein Ohr und ich hoffte, der Schmerz lässt nach, wenn er einschläft. Aber nichts war's. Schreiend brachte ich ihn wieder zurück ins Wohnzimmer, wo ich ihn noch mal wickelte. Doch das war's auch nicht. Wieder hinten spielte sich dasselbe Drama ab. Also das Paket wieder vor ins Wohnzimmer, Globuli und seine Trinkflasche. Wieder nach hinten, Schreien, wieder vor, verzweifelter Anruf bei Mama. Die wusste leider auch keinen Rat und so startete ich einen nächsten Versuch. Auch nichts. Meine letzte

Chance sah ich dann in noch einem kleinen Fläschchen, dass ich unter Schreien und Weinen zubereitete. Wir gingen also samt Milch wieder nach hinten und nach drei, vier Schlückchen kippte mir der Zwerg aus den Latschen. Endlich! Denn auch ich war mittlerweile komplett fertig. Wieder im Wohnzimmer, machte es erst mal „Zisch" und ich saß da mit einem kühlen Bier in der Hand. Um mich Ruhe und Frieden. Mit welchen Kleinigkeiten man manchmal glücklich ist, dachte ich mir und nahm genüsslich einen großen Schluck.

17. Dezember

Das Fieber ist nun zwar vorbei, doch muss unser Sohn ziemlich heftig husten. Und das oft und dabei verzieht er sogar sein kleines Gesicht vor Schmerzen. Das Ganze hat uns doch so beunruhigt, dass ich gegen vier Uhr am Nachmittag den Notdienst anrief und nach einem Arzt fragte, der an diesem Wochenende Dienst hatte. Die nächste offene Praxis war über 20 Kilometer entfernt, wir entschlossen uns aber dennoch, den kleinen Patienten dorthin zu fahren, um sicherzugehen, dass es nichts Schlimmeres ist. Die Fahrt über hustete und brüllte unser Sohn wie am Spieß und wir waren uns einig: Wir hatten richtig gehandelt und waren nicht übertrieben vorsichtig. Als wir in die Praxis kamen, waren noch zwei andere Eltern mit ihren Kindern im Wartezimmer. Ein Mädchen mit ihrer Mutter, die die ganze Wartezeit über keinen Mucks von sich gab. Und ein Elternpaar mit ihrem vielleicht fünfjährigen Sohn, der bei allem, was seine Eltern sagten, nur ein weinerliches „Neeeeiiiin" herausbrachte und schließlich so richtig mit Schluchzen und Brüllen loslegte. Und unser Filius? Der spielte fröhlich an einem kleinen Schreibtisch, bespaßte die anderen Patienten mit seinem „Da" und „Wawa", krabbelte neugierig aus dem Zimmer in den angrenzenden Flur und hustete nicht ein einziges Mal, so dass es uns fast schon peinlich war, da es den anderen Kindern sichtlich schlechter ging. Auch bei der Untersuchung durch die Ärztin fiel es ihm nicht im Geringsten ein, schlecht zu gehen oder wenigstens Anzeichen dafür zu zeigen. Die Frau Doktor tat ihre Arbeit gewissenhaft, horchte ihn überall ab, schaute ihm in Ohren und Mund und kam zu dem Ergebnis, dass er noch mit seinem Virus zu kämpfen hat, man aber da eigentlich nichts tun könne und er einfach noch ein paar Tage bräuchte. Wir verabschiedeten uns auch brav und als wir wieder ins Auto stiegen, belohnte uns Michael mit einem lauten krächzenden Huster und weinte fast die ganze Rückfahrt. Wir fragten uns schon, wer da die Hände im Spiel hatte. Aber letztlich waren wir einfach froh, dass es nichts Schlimmes war, und machten uns für eine anstrengende Nacht bereit.

19. Dezember

Michaels Husten ist leider immer noch nicht vorbei. Trotzdem haben wir uns entschlossen, für ihn im Einkaufszentrum einen Schneeanzug zu kaufen, und haben dazu Oma abgeholt. Komischerweise war die Auswahl im Kaufhaus sehr begrenzt und die Anzüge sehr teuer. Als wir schließlich doch einen schönen Anzug gefunden hatten, hat uns die Oma stolz verkündet, dass wir ihn doch nehmen sollen, sie würde ihn unserem Kleinen zu Weihnachten schenken. So haben wir seinen neuen Schneeanzug gleich einpacken lassen, ausgestattet mit allem Drum und Dran. Wir hoffen nun natürlich auf den ersten Schnee. Das dürfte aber noch etwas dauern, denn der Wetterbericht lässt nichts Gutes ahnen.

21. Dezember

Oft macht unser Sohn ja seltsame Sachen. So auch heute. Er hat sich auf unsere Couch gestellt, sich mit den Händen an der Wand abgestützt und dann immer wieder mit seinem Köpfchen gegen die Wand geklopft. Wenn Mama ihn davon abhalten wollte, ist er fast zornig geworden. Es gibt manche Dinge auf Erden und in der Babywelt, die lassen sich nicht mal googeln. Hoffe, das ist nur eine Ein-Tages-Phase.

22. Dezember

Nach gefühlten Wochen, in der sowohl die Mama als auch ich „Mama" waren, ist unserem Filius heute mal ein „Papa" zu entlocken gewesen. Das genieße ich total, da es eine Stunde später auch schon wieder vorbei war mit der Unterscheidung und ich wie schon länger auch „Mama" war. Er tippt mir dabei sogar auf die Brust, um mir noch mal kräftig einzuhämmern, wer ich bin. Nämlich die Mama. Wird aber sicher auch vergehen, hoffe ich.

Um den Zwerg bei Laune zu halten – besonders wenn uns nichts mehr einfällt – habe ich ein neues Spiel entdeckt: Kiste einräumen, Kiste ausräumen. Die Rollenverteilung dabei ist klar: Papa räumt ein, Michael fetzt alles wieder raus. Aber egal, es macht ihm Spaß und wir gewinnen wertvolle Minuten, in denen er keinen Blödsinn macht und auf irgendwelche Hocker oder Stühle klettert. Denn dies ist eine seiner neuesten Lieblingsbeschäftigungen – und nicht ungefährlich, weil er eben doch noch nicht so sattelfest in seinen Bewegungen ist, dass man ihn dabei allein lassen könnte.

24. Dezember

Es ist Michaels erstes Weihnachten. Für Mama und Papa war es zunächst mal ein ziemlich stressiger Tag. Von sechs Uhr früh bis fünf Uhr Nachmittag haben wir im Endeffekt nur gewerkelt und getan. Essen für die Gäste vorbereiten, Wohnung fit machen und nebenbei auf den Kleinen aufpassen. Auch, damit er nicht an seine Geschenke geht, die wir zwischen vier und fünf aufgebaut hatten, als er noch mal kurz geschlafen hatte.

Aber mit viel Ablenkung und Einfallsreichtum haben wir es tatsächlich geschafft, dass er seine Geschenke, die wir vor dem Baum unter einer Decke versteckt hatten, erst entdeckte, als Oma und Opa, die andere Oma und der Onkel Nico da waren. Und dann ging's los. Decke runter und fetz. Dachten wir, aber als wir unseren Sohn vor sein erstes Geschenk setzten, schaute er nur, anstatt es aufzureißen. Was er übrigens sonst mit allem macht, was man ihm so vorsetzt. Also bedurfte es etwas Nachhilfe von der Mama, die das erste Geschenk ein bisschen anriss und hoffte, den Rest besorgt unser Wirbelwind. Auch diesen Plan mussten wir aufgeben. Denn erstens suchte sich Michael tatsächlich genau die drei oder vier Geschenke aus, die nicht für ihn waren. Und dann schien Auspacken heute nicht so sein Ding zu sein. Das nahm dann Mama komplett in die Hand. Was aber seine Freude in keinem Maße minderte. Ein kleines Wunder ums andere kam zum Vorschein: Holzspielzeug, ein Karussell mit Kugeln, ein Traktor, Klamotten und und und. Das ganze Wohnzimmer war voller Geschenkpapier und die Verwandtschaft stand um den kleinen Mann herum und beobachtete, wie er sich freute. Das Highlight aber war ein Plastik-Wauwau, der sich bewegte, wenn man an ihm zog. Hunde sind sein Ein und Alles derzeit. Dementsprechend aufgedreht war es auch nicht leicht, unseren Sohn nach der Bescherung irgendwie ins Bett zu bringen. Aber Mama hatte es wie immer geschafft und die Erwachsenen freuten sich auf den Teil von Weihnachten mit Bowle, Käsespießchen und vielen anderen Leckereien.

26. Dezember

Gestern passte die Mama komplett auf unseren Sohn auf, da ich mich einmal im Jahr am ersten Weihnachtsfeiertag mit meinen Freunden treffe, um Karten zu spielen und Bier zu trinken. Schön, dass ich die Möglichkeit habe, diese Tradition aufrecht zu erhalten. Heute musste ich aber wie erwartet ein bisschen dafür büßen; unser Sohn reagiert halt nicht wie gewünscht und war heute dasselbe Energiebündel wie immer. Auch wenn es sich Papa anders gewünscht hätte. So war es heute mehr eine Schlacht, der ich mich stellen musste. Aber die Fortschritte, die Michael macht, wiegen das alles auf. Er klettert wieder an allem hoch, was er findet. Und wird dabei zusehends sicherer. Außerdem hat er anscheinend aufgeschnappt, dass Mama und Papa immer mitklatschen, wenn Musik läuft – und macht das nun super nach. Meine Frau ist davon total begeistert und hat mir erzählt, dass gerade das Klatschen für Babys extrem schwierig ist wegen der Koordination der Hände. Aber unser kleines Genie hat es einfach drauf.

Aber nicht nur das: Michael zerstört jetzt nicht nur Türme, die wir aus Bausteinen bauen, sondern nimmt sie entweder Stein für Stein herunter oder stellt sogar den ein oder anderen Stein vorsichtig wieder drauf. Ein richtiger kleiner Architekt.

27. Dezember

Heute war der Tag der ungezügelten Extreme. Zuerst war unser Sohn mit einem Nucki nicht zufrieden und versuchte erfolgreich, sich zwei Schnuller auf einmal in den Mund zu stecken. Wie gesagt, er hat es geschafft. Für so was hat er Talent.

Dann waren wir mit dem Zwerg baden. Das läuft immer so ab, dass ich ihn ausziehe, während sich die Mama schon in die warme Wanne legt. Dann hieve ich den nackten Kerl zu meiner Frau in die Wanne. Diese Zeit nutzte er heute allerdings, um mir freudig auf die Hose zu pinkeln. In der Wanne lief es dann auch wie immer ab: Herumtollen mit Ente, Hütchen und Frosch, dann Haare und Popo waschen und dann wieder in Papas Arme, der ihn dann in sein Handtuch einwickelt, während Mama noch ihre Haare wäscht. Während wir also wartend auf dem zugeklappten Klo saßen, verspürte ich zum zweiten Mal diese wohlige Wärme. Dieses Mal am anderen Bein. Doppeltreffer und Hosen wechseln Pflicht. Aber man kann ihm ja nicht böse sein, und wer weiß, vielleicht hat er sich sogar ein drittes Mal erleichtert – in der Wanne. Aber das werden wir wohl nie erfahren.

29. Dezember

Eigentlich sagt er das Wort schon seit längerem, aber nun ist es wirklich eindeutig: Wenn Michael „Mamm" sagt, will er was zum Essen. Es ist schön, dass er sich so weiterentwickelt hat, so dass wir nun auch akustisch erkennen können, was unser Junior will. Es deutet sich zuerst ein leises Mamm an, bevor es dann deutlicher wird und schließlich in seinem Hochstuhl zur lautstarken Forderung wird. Mamm, ich will essen. Und zwar flott. Und ja, das machen wir gerne.

31. Dezember

Wieder das Thema Essen, diesmal hat uns der Kleine mit echt bayerischem Dialekt überrascht, als sein Fruchtquetschbeutel ausgesaugt war und er lauthals „Alla, alla", rief. Für Norddeutsche: „Das Teil ist leer. Und ich will aber noch mehr!" Außerdem erkennt Michi jetzt auch Formen besser und was man mit diesem Wissen machen kann. Übersetzt: Er ordnet in seinem Spielehaus die vorgegebenen Formen so zu, dass sie auf die verschiedenen Aufsätze passen. Viereckig, dreieckig und rund.

Von Silvester hat Junior nichts mitbekommen. Wie gewohnt ging es um etwa sieben Uhr ins Bett und er schlief zwar etwas unruhig, wachte aber auch zwischen zwölf und eins während der Feuerwerke nicht auf. Anders als wir. Denn wir waren auch schon um elf Uhr im Bett. Eigentlich hatten wir uns vorgenommen, das Feuerwerk von zu Hause aus bei einem Gläschen Sekt zu gucken.

Aber daraus wurde nichts. Mit Spielen, gutem Essen – es gab Käsefondue – und ein bisschen Alkohol wollten wir die Zeit irgendwie rumkriegen. Aber gegen elf gaben wir dann auf. Denn der nächste Morgen wartete schon in unserem Unterbewusstsein.

1. Januar

Wie erwartet war gegen sechs Uhr die Nacht zu Ende. Und wir fühlten uns auch so – am Ende. Aber es nützt ja nichts. Und so wurde dieser erste Tag im neuen Jahr ein Tag wie jeder andere. Mit unseren Ritualen, Michaels Lachen und Zornphasen und jeder Menge Kaffee.

Ach ja, und unser Sohn ist heute gefühlte zehn Sekunden freihändig gestanden. Er geht jetzt auch schon mehrere Schritte an einer Hand – die ihn aber nur sichert und nicht stützt. Schafft er es doch noch bis zu seinem Geburtstag, die ersten Schrittchen alleine zu laufen?

2. Januar

Gegen Ende seines ersten Jahres entwickelt unser Michael zusehends seinen eigenen Willen. Was sich auch mit einer immer stärker werdenden Trotzphase ankündigt. Nehmen wir ihm nun ein Spielzeug weg oder verbieten ihm, die Fernbedienung unseres Fernsehers zu nehmen, dann gibt es schon mal ein ordentliches Donnerwetter in Form von Gebrüll oder heftigem Weinen zu hören.

Beruhigen tut unseren Junior aber fast immer Musik – egal welcher Art. Ob Hintergrundmusik im TV oder Radio oder auch selbst gemacht auf Trommeln oder von seinem Spielzeug herkommend. Michael wippt im Rhythmus mit und erinnert in seinen Moves an den guten alten Stevie Wonder, sieht aber Gott sei Dank einwandfrei.

3. Januar

Da es nächste Woche mit der Kinderkrippe losgeht, üben wir gerade früh schon mal den Ernstfall. Und sind ein bisschen am Verzweifeln – denn mit meinem Sohn ein Brot mit Frischkäse und Gurken zu essen, macht zwar Spaß und es schmeckt ihm, dauert aber teilweise eine Dreiviertelstunde, die wir dann einfach nicht mehr haben werden. Nach einigen Experimenten mit Vanillemüsli, Schokomüsli und Müsli mit Trauben sind wir nun vorerst zu dem Entschluss gekommen, Michi früh ein fertiges Müsli aus dem Glas zu servieren. Das schmeckt ihm, dauert nicht lange und braucht keine Vorbereitung – ist also weniger Stress für alle. Wir hoffen, das ist erst mal die beste Lösung.

4. Januar

Das Laufen klappt nun bei Michael jeden Tag besser. Mama muss ihn eigentlich nur noch an einer Hand halten beziehungsweise stützen. Wenn er gerade aufgewacht und noch fit ist, sieht das Ganze auch schon recht stabil aus. Wir hoffen auch sehr, dass er das Laufen nun bald lernt, da es damit für ihn sicherlich in der Krippe leichter wird, mit den Größeren zu spielen und Beachtung zu finden. Das macht uns große Sorgen und meine Frau ist richtig traurig, wenn sie an den Tag denkt, an dem er das erste Mal in die Krippe muss. Doch ich bin sicher, es ist zwar kein leichter, aber der richtige Weg. Denn je eher er das Spielen mit anderen Kindern lernt und das soziale Verhalten gefördert wird, desto leichter tut er sich später.

5. Januar

Es ist eine richtige Show, die unser Junior abzieht, wenn er Uromas alten Telefonhörer, den sie ihm mitgebracht hat, in die Hand bekommt. Da schallt es „Lalalala" aus allen Ecken und aus „Hallo" wird „alloallo" oder so ähnlich. Aber er hat einen Heidenspaß damit und das ist das Wichtigste.

Unser Sohn darf natürlich nicht überall im Haus hin. Das weiß er auch ganz genau. Zum Beispiel die Steckdosen oder die Ecke mit DVD-Player und Telefon sind tabu. Das haben wir ihm schon oft genug signalisiert und mit einem lauten und bestimmten „NEIN!" untermauert. Damit scheint er uns jetzt so richtig zu veräppeln. Denn er dreht sich schon auf dem Weg zur Steckdose zu uns um und lässt ein schelmisches „Nein, Nein" heraus, ehe er in aller Ruhe zur Dose weiterkrabbelt und Mama oder Papa wieder mal aufstehen und ihn wegholen müssen. Ob wir uns das selber eingebrockt haben?

6. Januar

Es ist tatsächlich so weit: Unser Sohn wird heute ein Jahr alt. Und wir wissen ganz ehrlich nicht, wo die Zeit so schnell hin ist.

Aber zunächst mal von seinem Ehrentag: Meine Frau hat am Vorabend schon das komplette Wohnzimmer in ein Geburtstagsparadies verwandelt. Mit Luftballons, Kindertischdecke, Girlanden und und und. Auch seine Geschenke wurden sorgfältig eingepackt und lagen am Tisch bereit zum Aufreißen. Als wir unseren Kleinen um sechs Uhr in der Früh mit ins Wohnzimmer nahmen, wurde die ganze Arbeit meiner Frau belohnt. Denn anstatt seines üblichen „Da!" grinste er nur verschmitzt und zauberte auch meiner Frau ein Lächeln aufs Gesicht, das einem sagt, man hat alles richtig gemacht. Erst dann kam das „Da!". Aber das war uns allen klar.

Wir zögerten auch nicht mehr lange und so ging es bald ans Geschenkeaufmachen. Von uns hat Michael zu seinem ersten Geburtstag ein Zelt geschenkt bekommen, bestehend aus zwei Kuppeln, einem Tunnel und 200 Bällen. Da es sich wie ein Wurfzelt von selbst ausklappte, stand das Teil auch ruckzuck in voller

Pracht vor uns. Wahrscheinlich noch zu überwältigend für den kleinen Mann, denn er saß ein bisschen verloren vor dem Ungetüm und wir mussten ihn erst einmal ein bisschen von seinem neuen „Spielgefährten" überzeugen. Aber das wird wohl noch dauern. Durch den Tunnel, der beide Zelte miteinander verbindet, wollte Michael auf jeden Fall erst mal nicht. Um zehn Uhr kam sein Pate mit einem tollen Geschenk an: einem Buch, das reale Tierfotos zeigt. Wenn man über eine bestimmte Stelle auf den Seiten streicht, dann macht das Buch die Laute der Tiere nach, die auf den jeweiligen Seiten zu sehen sind. Coole Sache und schon der zweite Volltreffer nach dem Hund zu Weihnachten, den der Pate damit bei Michael landete.

Um drei Uhr nachmittags war geladen und es kamen Omas, Opas, Uromas und Uropas, was das Zeug hielt. Der Kleine etwas verloren mittendrin. Ich hoffe, dass sich der Altersdurchschnitt an seinen Geburtstagen in den kommenden Jahren etwas senken wird. Ein gemeinsames Kuchenessen war aufgrund der Anzahl der Gäste schon eine kleine Herausforderung. Aber meine Frau hat das alles prima gemanagt und so waren gegen vier Uhr alle auf ihrem Platz und auch unser Sohn bekam seinen ersten Geburtstagskuchen, den die Mama selbst gebacken hatte – ein Gugelhupf mit Kerze obendrauf und Puderzucker. Da Michael wohl doch noch nicht so viel Puste hatte, um die Kerze allein auszupusten, entschloss sich Tamara tatkräftig zu helfen und pustete den gesamten Puderzucker runter. Das tat der Stimmung aber keinen Abbruch und so lichtete sich unser Wohnzimmer erst gegen sechs Uhr langsam wieder. Auch unser Sohn wurde nach dem aufregenden und anstrengenden Tag müde wie an jedem anderen Tag. So ließen wir Michaels ersten Geburtstag noch feuchtfröhlich ausklingen und gingen erst um einiges später ins Bett. Denn morgen ist ein neuer Tag – zusammen mit unserem Sohn. Und wir sind gespannt: auf all die neuen Entwicklungen, auf das, was wir noch lernen werden. Auf all die Tränen und das Lachen. Auf seine ersten Schritte, seine ersten Sätze und darauf, wie es in dem Leben unseres Sohnes weitergehen wird.

Neue Abenteuer warten schon auf uns –
auf unsere kleine Familie!

Der Autor

Aufgewachsen im bayerischen Wunsiedel im
Fichtelgebirge zog es Ralf Oesterreicher nach dem
Abitur nach Erlangen. Dort studierte er Medien-
wissenschaften und Geschichte. Er arbeitete
nach dem Studium für verschiedene Tages- und
Fachzeitschriften als Redakteur. Nach Stationen in
Nürnberg und München kehrte Ralf Oesterreicher
2010 wieder in seine Heimat zurück, wo er als
PR-Manager, Projektmanager und Redakteur für
unterschiedliche Institutionen arbeitet.
Er veröffentlichte zahlreiche Fachartikel und Repor-
tagen.

Der Verlag

*Wer aufhört
besser zu werden,
hat aufgehört
gut zu sein!*

Basierend auf diesem Motto ist es dem novum Verlag
ein Anliegen, neue Manuskripte aufzuspüren, zu ver-
öffentlichen und deren Autoren langfristig zu fördern.
Mittlerweile gilt der 1997 gegründete und mehrfach
prämierte Verlag als Spezialist für Neuautoren in
Deutschland, Österreich und der Schweiz.

**Für jedes neue Manuskript wird innerhalb we-
niger Wochen eine kostenfreie, unverbindliche
Lektorats-Prüfung erstellt.**

Weitere Informationen zum Verlag und
seinen Büchern finden Sie im Internet unter:

w w w . n o v u m v e r l a g . c o m